深雪

马维驹 著

群言出版社
QUNYAN PRESS
·北京·

图书在版编目（CIP）数据

深雪 / 马维驹著 . -- 北京：群言出版社，2017.10
ISBN 978-7-5193-0345-7

Ⅰ. ①深… Ⅱ. ①马… Ⅲ. ①诗集—中国—当代
Ⅳ. ①I227

中国版本图书馆 CIP 数据核字（2017）第 274324 号

责任编辑：潘　昊
封面设计：朝圣设计·阿正

出版发行：群言出版社
地　　址：北京市东城区东厂胡同北巷 1 号（100006）
网　　址：www.qypublish.com（官网书城）
电子信箱：qunyancbs@126.com
联系电话：010-65267783　65263836
经　　销：全国新华书店

印　　刷：北京柏力行彩印有限公司
版　　次：2017 年 12 月第 1 版　2017 年 12 月第 1 次印刷
开　　本：880mm × 1230mm　　1/32
印　　张：7.5
字　　数：156 千字
书　　号：ISBN 978-7-5193-0345-7
定　　价：35.00 元

序：深雪，或翻开的土地尚有呼吸

□ 李木马

新世纪以来，诗坛逐渐平静以后，更多由衷爱诗、潜心创作的诗人和他们的诗走进人们的视野，马维驹就是其中的一位。

近几年，马维驹的组诗连续被《诗刊》推出，报刊和网络平台上的作品得到很多诗人和读者的称许。近日，我读到他即将付梓的第二本诗集《深雪》的书稿，眼前一亮，仿佛看见诗人多年生活积淀的“深雪”正在温润地化解，与之对应的是，一片诗意的绿野蓬勃葱茏起来。

马维驹的诗，短而有味，清而不浅。其实，有味道的短诗写起来并不省劲儿，需要对富有诗意元素的原材料一再淘洗、提纯——有点沙里澄金的意思。进而，最好再给它一束光，力求让人心头一震、目光一亮。而做到这些谈何容易，要有深厚的生活感悟，要研读大量中外优秀诗作，读进去并看出门道，洞悉将生活经验转化为艺术经验的路径。对这些，马维驹孜孜以求，乐此不疲。他痴迷于这种以身相许的精神劳作，以故乡、亲人为生命根系，找到了土壤，结出了果实。他的绝大部分作品都能用十几行文字实现语言闪展腾挪、层层推进、虚实互映的转换，最终表达出一些让人认可的诗意出来，让看似简单的诗不简单。这也正是不少诗界同行认可他、称许他的主要原因。此外，短还意味着节制与隐忍。节制是一种自制力，更是一种修养。“许多时候，我感觉自己是一枚钉子／我预备了无中生有的一端，也预备了／挨敲打的另一端／／闲置在工具盒中，闲愁上身／我会默默地生锈／挤进密集的场所，周围会有／骨头碎裂的轻响／铁，终归是铁／／暗夜里，我偶尔会叮当作响／就像一种精神一样／有贵金属的闪光”(《钉子》)。这些诗句，有从具象向抽象的展拓，更有见好就收的分寸感。任何艺术，激情与想象力是必需的，而节制与含蓄同样重要。对诗而言，只有自觉地节制和压缩语言，乃至有意识地忍痛割爱，抽离其中某些重要部分，才能使“看似不完美”的语词具备张力与辐射力；不把意思说得太明晰，读者的理解性思维才能渗透与进入，参与和完成作者的艺术创造。

马维驹的诗，浓缩着乡情与亲情。他的诗，绝大部分是写亲人、写故乡，写到母亲的就有数十首。“她问我什么节气了，谷子熟了没有／她自语，不知道雨水好不好／躺在三楼的席梦思床上，她的眼睛里／晃动着梧桐叶／我是早已离土的一棵谷秆／不问农时、墒情和青黄，但还是／把手伸过去，让她摸了摸”(《牵挂》)。土地与村庄的气息、劳作与墒情的气息、树木与谷草的气息……当这些故乡的生命气息与“三楼的席梦思”之间发生关系的时候，一首诗的张力与感染力瞬间生发出来。“玛瑙沟的山径很陡，糜地湾的野草很长／我陪你最后一次回到家乡……我的思绪像百年老榆树的枝杈／杂乱而扭曲／／我知道，离开的那天，我一转身／家乡将有一场鹅毛大雪”(《大雪》)。在这部诗集的字里行间，弥漫着这种挥之不去的意绪。在几十年远离故土、亲人柔肠百结、辗转反侧、剪不断理还乱的情感煎熬中，这些包含原汁原味生命感的诗被孕育、呈现出来。在这种气息的弥漫与巡游中，诗意——这种精神的植物得以生发与成长。话说回来，具备生命经验与艺术的生命经验表现是两码事。就像我们消化粮食产生体能与思想，而绝不能把稻谷、玉米等同于思想一样。粮食与酒、肉体与思想之间存在一条隐秘的通道。文化性与精神性的消化与反刍能力，才是一位诗人必须具备的。

马维驹的每一首诗都有一个“核”。诗是一株精神的植物，其生根、发芽、成长，关键是要有一颗种子，而这颗种子要有一个“核”。正像故乡的山杏、大枣、毛桃，他的诗都是有“核”的。而且这个“核”都包裹着厚厚的皮肉，只有带着阅读与探究的欲望把这些皮肉撕扯开来，才会看到那个躲在里面的羞涩的“核”，才会撬开硬壳，看到躺在最里面的那个鲜嫩的“仁”。诗有“核”，而围绕诗“核”的语言又是蓬松地带着呼吸的。从整体风格上看，马维驹的诗是含蓄和内敛型的，没有泛泛的抒情和无节制的铺排。正如中国武术中的内家拳，力量是往里收的。正是这些不断内收的力量让内在的精神力量充盈起来，生发出随时可能迸发辐射的张力。这其中，还有一种低调与谦卑的本性，如陇上的那些人、那些植物。

马维驹的诗体现出一种“冷静的温度”。“苜蓿被刨根究底，翻开的土地尚有呼吸／似霜似雾的水汽静止在地表之上”(《想念苜蓿地》)。马维驹的诗是有生命的温度的，更为可贵的是其葆有的“冷静的温度”。这种冷静经过了对本能情感的思考、筛选、体认乃至搁置、观察、淬火。只有经过了这样一道一道的工序，情感与经验才会成为思想与艺术。而这种能力的具备有赖于他的工作、生活经历。他幼年走出吴家岔，在命运的磨难中砥砺奋进，初心不改，不倦前行，由一个塬上苦娃子成为一名学有所成的国家机关厅局级干部。工作经历中练就的宏观视野与缜密思维，以及提纲挈领的概括能力、丝丝入扣的逻辑思维能力、透过现象看本质的观察能力等，都成为他诗歌创作信手拈来的有力武器。

我置身于嘈杂的市井，有巨大的孤独感
像海啸一样压过来
大街是倾斜的，大楼是倾斜的
遇到的每一个路口都有一个倾斜的路标
每一次踏空都是难以预测的坠落
每一次穿越都是一次新生
所有的祈求都是徒劳
唯有落日像血滴一样饱满
唯有命运像落日一样正确

——《人生思考》

读着这些诗句，我们体察到他远离故土和亲人，身处喧嚣都市那种挥之不去的孤独感，更能透过这种意绪体味到诗人对命运的认识与遵从，进而探及的理性与智性的思考深度。“浮云游子意，落日故人情。”从诗如其人的角度看，他的诗是故乡天空下逡巡的心灵谣曲，是杜鹃啼血般的赤子之心，是雪落陇塬的无言抚摸与情感覆盖……

掩埋

时间的流逝是一种掩埋
衰老也是

几级台阶承载着秋日的缓慢
蚂蚁又爬上了一级台阶
浮灰从低处向上蔓延
青苔悄悄地绿了更高的日影
而母亲的小脚始终迈不上最后一级台阶

像时针一样缓慢的事物从身后赶上来
再过一些时刻，这些细小的事物
将会追上母亲，并且
把她在人间的痕迹无声地掩埋

钉子

许多时候，我感觉自己是一枚钉子
我预备了无中生有的一端，也预备了
挨敲打的另一端

闲置在工具盒中，闲愁上身
我会默默地生锈
挤进密集的场所，周围会有
骨头碎裂的轻响
铁终归是铁

暗夜里，我偶尔会叮当作响
就像一种精神一样
有贵金属的闪光

想念苜蓿地

苜蓿被刨根究底，翻开的土地尚有呼吸
似霜似雾的水汽静止在地表之上
小雨过后，蘑菇举起小伞
这是土地额外的奉献

母亲把母鸡一个个抱起，中指
探察出热乎乎的希望
蘑菇炒鸡蛋，山里娃口腔中褪不去的味道
虽千里，虽经年，虽深梦
浓浓的油香，一次次把我诱回

想念一片苜蓿地，想念蓝色和紫色的小花
想念那热腾腾的泥土
粉白粉白的小伞在雨后徐徐撑开

想念蓝紫色的围裙，裹着惊慌的母鸡

人生思考

每一次远行都当作不归
每一次入眠都当作永别
每一次归来都感恩命运的宽容
每一次惊醒都泪流满面
世界如此之大
人间如此复杂
我置身于嘈杂的市井，有巨大的孤独感
像海啸一样压过来
大街是倾斜的，大楼是倾斜的
遇到的每一个路口都有一个倾斜的路标
每一次踏空都是难以预测的坠落
每一次穿越都是一次新生
所有的祈求都是徒劳
唯有落日像血滴一样饱满
唯有命运像落日一样正确

制造石头

石头原本是离子态，在水中悬浮
水有硬度，石头没有

我的体内富含硅酸盐
加入辅料，加入血，以三十七度焙烧
制造石头

石头像中毒的肝脏一样，越来越硬
不屈于铁刃，不屈于超声
只有原乡的草、原乡的土和原乡的井水
熬制百草汤，方可溶化

乡愁是一副解药

天空落到了地面

架子工一下午都在拆脚手架
叮叮当当声中，一直围观的太阳
从上方移到侧方

工人们一点点地接近地面
被架子顶了几个月的天空失去了支撑
跟着降了一些

现在，太阳已经失去了耐心
天空好像一下子落到了地面，并且
轻轻地晃了一下

属鸡 I

因为属鸡，大人们都说这娃是个穷命
一辈子土里刨食
心理暗示吧，我对母亲养的鸡很亲近

大人们的话，说对了一半
前半生，我像鸡
后半生，我像猪，吃喝不愁
可我常常侧着头看人，对不怀好意者
忍不住发出尖叫

三岁时，父亲去世，折了一只翅膀
后来，姐姐走了，还有一些亲人离世
掉了好多毛
直到母亲去世，我折了另一只翅膀

现在，我终于不像鸡了
却始终不愿低头，不是不忍看到一地鸡毛
而是骨节太硬

戈壁骆驼刺

我在砾石缝中安放家国
以满身锐刺构筑国防
虽有广袤的边界，却无
四季常青的江山
我愿意做一个归顺泥土的降者
舍弃万年社稷
陪你在一个山坳终老
我情愿收回任何敌意，与所有的生命
结成远亲近邻
我真的愿意，愿意舍弃千里沙田
靠近灯火人间，听犬吠鸡鸣
尝霜雪苦寒

托举

路像草绳一样挂在山上
那个给城里上学的娃娃背口粮的老人
在我的注视下，爬到半山腰

我必须一直注视着
他是被我的目光托举上去的
一旦撤回目光，他就会掉下来

小时候，瓜蛋把我举到树上
他撤回臂膀，我就掉下来了

矿井里，机械撤回臂膀，煤块猛地掉下来
瓜蛋就永远地躺下了

折磨

很长时间，楼下的男人在指挥倒车
总也喊不停，总也倒不好

睡不着，起来码分行文字
拎着一些词语，挪来挪去，总也搁不稳

一个耐心的男人，肯定深爱他的笨女人
一个笨诗人，偏偏对词语有强迫症般的挑剔

倒车在继续，有轻响传来，似有碰撞或剐蹭
十多个动词，没一个能唤醒今夜的尘世

在这月光如霜的秋夜，楼上楼下的人
被一个逼仄的位置反复折磨

把生死抠出来

农历生，农历死
像桃花一样，皮肤和脏器长满农时和节气
他们固执地认为，只有农历，才是正日子
只有月相，才是庄稼人的好运

农闲时，掏出日子仔细翻检
耕种似的，生一行，死一行，分行排列
一行喜阳，一行喜阴
一头指向天空，一头埋在土中

我是一个蹩脚的历史学家
善于把贞观、万历、宣统这些久远的日子
与耶稣的生日兑换
常常自以为是地帮助乡亲，把生死大事
从农历中抠出来

神奇的泥土

在泥土中加入蹄印、汗水、吆喝
得到的是麦穗和谷粒

在泥土中加入疼痛，加入喘息，加入血
会有贵金属析出，土地闪耀金光

在泥土中加入爱情，或者植入灵魂
每一颗坷垃都有了体温，每一个生命都是神

在泥土中加入男人的阳刚和女人的阴柔
种子以洪荒之力，把大地托举到天空

想念敌手

织密纱窗，蚊蝇无从进入
蝇拍、喷雾剂在一个角落蒙尘
有时候，拿起来擦擦拭拭，就像战士
擦亮一杆钢枪

总是渴望天下太平，偶尔也会暗暗地
想念战事，想念敌手
正如眼前这两样兵器，坚守着
疏而不漏的原则和一招毙命的杀气
此刻，也在想念嚣张的蚊蝇

无能为力

你无法憋住一连串的咳嗽
我也无法咽下四千里之外的叹息

你我都知道，许多事情，我们无能为力
就像废弃的老宅，缝隙越来越大
就像龟裂的土地，禾苗终将萎去

一堆新土是你我无可奈何的距离

给骨头寻一个去处

受到罗非鱼的攻击，伤口溃疡
付出一笔医疗费
受到基围虾的攻击，伤口溃疡
又付出一笔医疗费

水族不在乎人类的社保待遇
倒是会反抗死亡
我说的这两次攻击，是在它们死后
分别把骨头埋进我的口腔软组织和指头肚

我相信，这不是它们的本意
它们的本意，只是想给自己的骨头
寻一个去处

突然

有时候，突然听到长长的吱吱声
不知是蝉鸣还是耳鸣

有时候，突然感到孤独和失望
不知是空虚还是抑郁

有时候，突然泪流满面
不知是悲还是喜

生命像黄河水一样，在不经意间陡起波澜
走夜路的人，不经意间，猛然回头

流泪和下雨都是天大的事
至少证明，心尚且柔软
上天仍然眷顾着千疮百孔的人间

深雪

血管容不下太多的盐，六克为限
人间容不下太深的雪，山中月色足够
一夜落雪，真相暂时隐去

有人感到萧瑟，有人看到静美
我吞下一些药片，排出体内的盐
血液不再黏稠

在这深雪覆盖的早晨，我们
要用什么神药，过滤人间的咸涩
换回一条月光清纯的河流

掸灰

跟着母亲走三十里山路看姥姥
整洁的小院里，姥姥
挥动着糜子穗儿的笤帚，为母亲
掸掉身上的一层尘土
母亲平举着两只胳膊在原地转圈圈
衣服一点点露出了本色
姥姥用这种办法，把她的女儿
从尘土中取了出来
母亲接过扫帚，用同样的办法
把她的儿子取了出来

我在想，两位母亲此刻的喜悦
在分娩的时候，肯定有过

途中遇雨

下山的时候，突遇大雨
草丛中的地达菜像我的中年
眼看着发胖
汽车在黄土路上打滑，像极了酒后的我
走过的轨迹，不是心中的理想
吴家岔的谷穗黄了，落入土中的籽粒
在一颗雨珠中醒了过来

牵挂

她问我什么节气了，谷子熟了没有
她自语，不知道雨水好不好
躺在三楼的席梦思床上，她的眼睛里
晃动着梧桐叶
我是早已离土的一棵谷秆
不问农时、墒情和青黄，但还是
把手伸过去，让她摸了摸

木质是生命最好的归宿

我从岁月中取出老相
取出缓慢，取出固执和忧伤，取出疼
我欣慰，属于我的，一样不少
悉数供我支取和消费
这些保存在时空深处的密码，注定
有激活的一天

说这话时，小孙女困惑于一个小问题
——爷爷为什么会老啊
我告诉她，爷爷丢失了童年和青年
现在，只剩下这些了

我的眼里，有一只蜗牛在爬树
高温下，体液一点点地汽化
它也显出了老态，眼睛里的火焰行将熄灭

我珍爱红木手串和一切木质的老家具
它们都有极深极亮的包浆

我始终认为，木质是许多生命
最好的归宿

你是一道漏光的裂痕

天空如此深邃，你只是一粒弱小的星
黑暗如此严密，而你是一道
漏光的裂痕
人间静下来时，一粒星的光亮
让天幕更加荒凉
在这个无月的冬夜，一道裂痕
泄露出生活的崎岖
有些角落会让你拥有一份
望见深空的闲暇
密不透风的繁华，因为有你的疏离
才不至于陷入休克
和危险的失重

开在暗夜的花

你是我喂养的一个伤口
我不在乎你的形状和纹理，只在乎
那一丝丝隐痛，在暗夜里
释放着微弱的张力

我可以轻易地关闭星光、月光
却不能关闭心中的圣光
有些美丽需要血液的浸润
有些开花叫作疼

你的妖艳是一个悖论
你的绽放使平滑的人间失去光泽
夜裹挟着泥沙，如洪流般远去
落在暗夜的浮尘，被时间之手轻轻拂去

磨损

母亲一旦拉响风箱，我就看到
一只受气的老鼠
鼠类和犬类一样，一般不嫌家贫

山村的夜很长，月亮是天幕噙着的一滴眼泪
母亲的沙眼也噙着一滴泪
公鸡被宰杀后，鸡毛在风箱中磨损
两个进气窗交替打开
铁锅里的杂粮面饼子，慢慢变得焦黄

母亲每次从灶前站起来，都会显老一些
我确信，风箱磨损鸡毛时，日子也在
一点点地磨损着母亲

层次

在小广场的人群中，站着，是一个层次
坐下，是又一个层次
蹲下，低一个层次
躺下，是所有姿态中最低的层次
我尽管佝偻着腰，却努力让自己
保持最高层次
尽管内心已经跪下
尽管灵魂还在下坠
孩子们在我周围疯跑
一些男孩对着树干投飞镖
我必须时不时挪一挪脚步，以便让他们
把我和那棵老槐树区别开来

和小麦换个位置

他耕种的一亩三分山坡地，春小麦
放射着黄金的亚光
乡亲们先把三分地角收割，为他
挖一个坑，圈一个小院
剩下的小麦又黄了一些，在风中窃窃私语
似乎风传着什么

他的两间小房空了出来
过几天，将要推平，可垦三分耕地
第一年，种一茬苜蓿
让发达的根须养肥地力，然后
适合种春小麦

就这样，他和小麦换了个位置
接着活

像逃犯一样押解回乡

告别一眼深井、一座草房、一茬乡亲
告别十七年的甘苦
告别满山满山的雪和雪地的咳嗽
把母亲用碎花布缝制的沙包丢给黑夜
家乡也被丢下，陈旧为故乡
随身带走的，只有黄土揉搓出来的方言

四十多年后，像逃犯一样，乡愁
把我押解回来
现场，踪迹模糊
已经指认不出年少时的懵懂
刺蓬子、苍耳草，这些孤傲的穷骨头
亲昵着鞋带和裤脚
它们察觉了我没有后鼻音的土话

玛瑙沟、糜地湾，天不荒，地不老
不用方言招呼，它们不应
祖宗的坟堆，略高了一些，依然是长者风范

膝盖是方言之外，请安问好的
第二种语言

开悟

小时候，村里演戏
同一个节目连演三天
小孩子不懂古装戏的扮相、情节和唱词
只图个热闹

看到第二天，我就发现
昨天暴毙的那个人又出来了
我还发现，在后台，皇帝
被领导训得发抖

从这以后，我一下子开悟了
台面上的人和事，基本上
是不可信的

寻

又是一张寻人启事，又是这个公交车站
这是十趟公交的换乘站
这里人流如潮，这里岔路很多

去年的一天，你贴启示寻我
说我在这里走失，说我有轻度失忆
这个事实你宁愿贴在大街，也从未对我提起

这一次，有人寻一个四岁男孩
这个孩子重度自闭，他把自己关到世界之外
而世界，给他一段懵懂的漂泊

我们被反复寻找的，是人生缺失的部分
寻不着，亲情会陷入永久的缺憾
世界会有一次轻微的失重

夕阳下的虚无

斜阳下，蚂蚁拖着庞大的影子
我的影子延展到地平线
孩子的快乐在影子中放大

身后，太阳挂在树枝
树枝再弯一弯，就可以弹出去了
这个黄昏，无限趋向于无

黑夜把地球的影子投向虚空
很快，将有一场无边无际的大水漫过来
我们会有一小段沉没

夜宿戈壁小站

戈壁滩原本是大海，之后是沙漠
亿万年来，沙随风而去
无法起飞的，是砂——小一些的石头

风把自己雕蚀在胡杨树、电线杆上
凹陷，类似于盲文
那是风的形状
有时，黑色的石头会满地打滚
这些都是神迹

今夜，我眠于戈壁小站
火车穿过的时候，戈壁在倾听
火车开走之后，戈壁留下久久的空白
夜像簧片一样颤动
风改变方向，石头逆向翻滚

疲劳的铁轻轻地叹了一声
戈壁犹如宇宙黑洞，任何事物无法逃离
我的梦始终在戈壁打转

黄河

如果非要叙述一条河，请你分段来写
它不适合一笔到底

源头只是一滴水，承受不住太重的笔墨
要轻浅地叙述它的透明，叙述格桑花和膜拜
青藏的云很轻，水珠按捺不住飞翔的愿望

接下来是黄土高原，你的叙述
一定要选用清澈的词汇，滤去泥沙
底肥随大河而去，土地两手空空
黄是大河获得的姓氏

九十九道弯，可以按下不表
那是神或龙的投影
人间的词汇无法描述神龙的风韵

请把笔墨留给羊皮筏子，留给入海口
留给大海中的那一缕黄

大河活在这些具象中，终归
要在大海中散魂

我不愿……

不停地奔走，不停地呼喊
不停地挣扎，不停地歌唱
不知为了什么，也不知会发生什么
这炙热的大地，拥挤的人间

如果停下来，我怕化为万年之后的一块琥珀
或成为囚于琥珀的一只昆虫
我怕万年之后，在你的掌心打磨
火星四溅，细屑飞扬
我怕缀于你的胸前，承接你的泪水
我本是一颗破碎的泪珠，遇水溶解
何堪忍受过多的悲伤
我本是一只四足小虫，不愿
在透明的琥珀中陪你哭泣

不断地放弃，不断地忘记
不断地磨损，不断地死亡
让呼喊和歌声唤起你的珍惜
让忘记和死亡风干你的泪

认错

傍晚是母亲喂鸡的时候
一把把秕子和谷粒撒出去，激起
满院子的欢腾

每一次，都有麻雀抢食
每一次，都有骂声相随
骂母鸡丢蛋，骂公鸡打架
饿死鬼托生的，天不收的，地不养的，挨刀子的

这时候，我会悄悄把手伸进灶膛，摸一摸
母亲埋进去的洋芋熟了没有
而母亲，则会抱起每一只母鸡，用中指
摸一摸热乎乎的肛门

有蛋的，吃份小灶
没蛋的，遭顿咒骂
不论骂到哪一只，所有的鸡和麻雀
都会抢着认错

母亲的神

她崇拜的神，坐北朝南
神的背后是三百里赤地，之后是莽莽雪山
雪山闪耀着水晶的光芒
每一个傍晚，雪山从神的背后，向人间
投来巨大的影子

母亲没有像样的贡品，只有菜团和土豆
几十年来，她吃什么，神吃什么
每天清晨，总是准时准点地伫立神前
为瓷质的观音献上粗糙的饮食

飘

有上楼，就有下楼
从楼上飘下来的，有时是鸽子，有时是云影
有时只是一种想法

这一次，是一个绝望的灵魂

让路

田鼠过路时，泥土闪开一条暗道
洪水过路时，大山挪了挪沉重的臀部
白云过路时，河川陷入静默

母亲回乡时，祖坟让出一块福地
丁山癸向，因那座新坟，夕阳等到了
一炷香燃尽

用高烧为肉体消毒

医生说，我的体内有毒
似有太多的悲伤，正在流尽平生的泪
泪中有盐，有微小的毒
毒借我的喉咙发言
而我用高烧为肉体消毒
在这白色的走廊，我，我们
都是带毒的傀儡
白色大褂、白色药片和高高挂起的液体
是另一种毒

有一次剧烈的哆嗦

喜欢一支香烟的燃烧
喜欢把烟雾均匀地吐出来
构筑抽象的、意识流的、3D 的境界
喜欢尼古丁在舌尖旋转，尖叫

知道人生是一趟单程车
把自己的小命夹在食指与中指之间
欣赏它的挣扎，它的无处可逃
这是一种活法，或者也是一种死法

喜欢这有形的燃烧
不吐丝，不流泪，干干净净的消耗
有充足的时间留下遗言
烟蒂烫手时，将会有一次剧烈的哆嗦

写信

想用全部所得，换回带暗格子的稿纸
春日阳光温暖，拭去轻薄灰尘
用写信的方式返回过去
不在乎写给谁，不在乎潦草的字迹
会不会谬传了我的心境

写信是我多年的愿望
应该写信的年代，没有像样的纸笔
和可以让人放心的消息
生活的窘迫，错失了写信的机会

室内有一只苍蝇，像一个窃密者
偷偷摸摸地阅读
我的文字模仿它的触须、肢体
也模仿它哭泣般的歌声

写信要思前想后，是一件头疼的事
折信如同折叠僵硬的骨头

封口犹如盖棺

我真想把信封反复拆开，一遍遍地修改
每删一个字，都能感到身体的失重
有地址的，一一寄出
不等回音，不盼归期
没地址的，等一个不期而至的电话

母亲也许在天堂，也许在地狱
趁着天黑，把信烧给她
如果有哔啵声响，应该是
文字中的水分和血液遇火爆燃
如果火焰跳跃，那就是连接母子的筋骨
在寸寸成灰

大雪

玛瑙沟的山径很陡，糜地湾的野草很长
我陪你最后一次回到家乡

苍天以一场大雨为你安魂
八月的泥土在月光下泛着瓷光

有很多不平和不舍啊，二十方新土
压不住你弓起的脊背

我的思绪像百年老榆树的枝杈
杂乱而扭曲

我知道，离开的那天，我一转身
家乡将有一场鹅毛大雪

方言替你回乡

当你老了，你会发现，所有的路
都会通向故乡
所有的距离，都以那座老屋为起点
所有的疼，都像青铜箭头，从四面八方
射向故乡的心脏
你在他乡交往的每一个人，都是
你的乡亲的化身
你学会了在商言商，学会了
用普通话、外语与各色人等交谈
可是，在夜里，你无法收住回乡的脚步
无法限制自己用乡音做梦
在任何一张床上，你都会闻到
麦秸和牛粪燃烧的味道，都会
仔细掐算农历、月相
都会记起每一位亲人的忌日

他们或它们

他和它成为一家，他和它形影相随
我不知道应该称呼这个组合体是他们还是它们
母语遇到了极限
流浪汉收养了流浪狗。在这个城市
没有身份证，没有户口本和房本，甚至
可能没有亲人

这是世界上最悲伤的结合
我一次次地看见这一家，他们或它们
靠在一起取暖，靠在一起吃馍
靠在一起说话

今天，我路过立交桥下，又一次看到
这个完美的组合体
他在为它包扎后肢，而它
为他舔伤

我的光芒、结石和风

这是一件美妙的事，独处时
我会把体内的光芒、结石和风一一取出
这些都是我的珍爱，不会轻易示人

光芒在体内折叠得太久，有一些皱褶
却未损温度和亮度
结石是我的盟友或敌人，它给我痛
让我尝到活着的滋味
风在经络和血脉中流动
它多么强劲啊，让我保持向前的冲动

我缺少闲暇，没有黄金，两手空空
只有一些用旧的时间和廉价的声名
像脱水萝卜一样干瘪而丑陋

今夜，多好的星空啊，今夜难得无眠
天上那么多星，因我而渐次熄灭
大地深陷，宇宙何其浩渺

我携着光芒、结石和风，多像暗夜里
扑向大气层的一颗流星
从这灯火阑珊的村落上空掠过
人间如此安静

宽恕

蚕最终会长出翅膀和骨头
而我心里的骨头，逐渐溶化于风霜

越来越见不得不平，见不得衰弱，见不得血
把早餐送给流浪狗，见不得它
看着我的嘴，摇尾巴
把陈米撒在窗台，留给鸽子和麻雀吧
是羽翼让它们高于人类

如今，真想宽恕所有的敌人
包括时间这把无形的刀
包括岁月这只操刀的手

宽恕了一切，世间便无敌人
余下来的时间，只想坐下来，看远处的雪山
它是一个比我更加心软的老人
早已宽恕了西伯利亚的风
和人间的纷争。满头白发
坐而不化

崇拜半圆

毡房、鹊巢、乳房、塑料大棚都是半圆的
我向来崇拜半圆的事物，包括
上弦月和下弦月

每月特定的两天，我必定在傍晚和清晨
以瞻仰者的虔诚，久久凝望
半轮纯洁的清月

那些半圆的事物，最适合为生命庇护
它们只用部分轮廓，擘画着圆满
诱导着无尽的想象

看啊，天空这只巨大的乳房
倒扣着热气腾腾的人间
而扣在大地上的坟丘，护佑着
熟睡中的灵魂

母亲的老母鸡

老母鸡习惯了被抱起
习惯了摸肛门
习惯了喊我妈取走热乎乎的蛋
妈妈不在后，老母鸡没人抱
没人摸肛门
没有捡鸡蛋
下蛋后没有月子餐
多日之后，它不再下蛋
不再信任人类
像公鸡一样，在夜里悲切地长鸣
无论怎么叫，天都不亮

权力

父母松手时，权力从高处掉下来
落到我的左手
——右手拎着疲惫的生活

现在，我可以定规矩
可以远游
可以称老
可以像谈天气一样谈论死亡
如果愿意，还可以长髯飘飘

父母不在了，我可能在一场梦中哭醒
涕泗横流地想爸爸、想妈妈
就像一个孩子

旧时光

孙女的玩具和故事书堆满墙角
玩耍时，她撅着小屁股
一件件地翻腾，一件件地
扔向远处

孩子啊，你才多大，就有
翻不完的过去
你看我，积攒了六十年的旧时光
轻易不敢翻动
我真怕翻深了，旧伤口
会碰出血来

找

中年之后，你开始不停地
藏包、找包，藏钥匙、找钥匙，藏手机、找手机
你把阳光换作灯光，把箱底翻成箱盖
你总在问我见了没有，总在
审我扔了没有

在你的判决书里，我有很多罪名
扔了你的超市优惠券，扔了你的发卡，扔了
你心爱的断齿梳子
我一律认罪，从不申冤

谨慎一生，唯有在你的王国罪行累累
罢了，罢了。最不希望有那么一天
你天上人间地找我
一个潜逃不归的罪犯

胸膛

在母亲背上，我能感觉到
小脚戳地的震动
她的背和胸膛一样热
那副热胸膛是我幼年的游乐园

我只背过一回母亲
还没感到胸膛的热，母亲喊疼，立即放下
放不下的是母亲的分量，在我的梦中越来越沉

母亲晚年躺在床上，要说的话
被咳嗽撕成碎片
咳嗽发作时，胸廓隆起
有很多话卡在其中

院中小景

在我家小院，鸡和麻雀总能和平共处
母亲把谷子撒出去，它们
都围拢过来
一个个频频点头，像是
在某一个重大问题上，又一次
取得了共识
母亲顺便骂几句光吃不下蛋的脏话
鸡和麻雀全都虚心接受

属鸡 2

我属鸡，哥也属鸡
相隔十二年，同月同日孵出

我俩不关心天空，不向往远方
只在土里刨食，爪上结着厚厚的痂

坚硬的喙，吃进更硬的石子儿
帮助消化人世的艰难

沉到黑暗的底部

那时候，山村没有通电
母亲躺在黑暗中，回忆半生的辛酸
唯独说到娘，幸福得像个孩子

风摇着门环，像木鱼一样惊心
猫在炕脚念经
母亲呓语般的叙述，如同一个信徒
彻夜忏悔一生的罪过

我每一次睁眼，都有几颗星星
守着漏风的窗口，好像非要等着
瞧瞧这对孤儿寡母命运的结局

多年之后，黑衣、黑帐包裹着
母亲在那个山村吞下的无光岁月
深深地沉到黑暗的底部

家史

父亲在鞋底磕烟锅，寒星跟着眨眼睛
母亲梳掉的发团，艰辛地活在墙缝
我掉牙的小疼痛，浅埋在门框之下

父亲的咳嗽惹起半村子狗叫
母亲的锥刃擦白了发根
我手背上的冻疮像腊梅一样开在冬季

父亲逃离饥荒，却被死神追上
母亲八十四岁去世时，像孩子一样叫妈
我有能力尽孝时，已成孤儿

我越来越像我的父辈

会依着月相送走一个又一个日子
会说出哪一朵云有雨
会估算麦子熟了几成
会用木掀扬起收成
把饱满的黄金聚拢成丘

我越来越像我的父辈，越来越像
成熟的葵花和块茎
一面向土地致敬，一面在土层深处
给自己挤出一小块空间

在这个年纪，不谈过于高远的事物
你看那挂在树杈的落日，多像
吹圆的猪膀胱
再看坡上的祖坟，在那里，我度过了
儿时每一个欢乐的清明

幸福感

老伴儿牵着孙女下楼梳头
我在家里泡茶
许久，孙女哭着回来。她说
奶奶把辫子编歪了
老伴儿回来，喝了一口茶
埋怨太烫
这俩人，都处在可以忽略性别的年龄
却有着女性的苛刻
她们的埋怨，左一阵，右一阵
像风一样拂来
落在我的心上，却是
踏踏实实的幸福感

半爿山

一位只活了四十几岁的农民，在我头顶
占据着父亲的位置
他离开时，我三岁
从此，父亲只是一个怕疼的名词

我家门前是一座土山，有半爿随洪水走了
留下一面断崖
我想象，走了的部分是我的父亲
而留下来的就是母亲

夏天，雷雨大作
洪水在崖上轰响
我担心，仅存的半爿山体倒下
又一个怕疼的名词将无处安放

坟前静坐

在母亲坟前，人间的边界只是一层黄土
她躺着，我坐着，就像多少个夜晚一样

她躺着，说着远远近近的人事
故事散发着柴火和牛粪燃烧的味道

我坐着，却很少搭腔。当说到谁的恩情
不能忘时，我才明确地应承一声

十年了，她不再关心报恩
我也不再为母亲流泪

凉薄的月夜，空中飘着绒毛似的水分子
明早，草叶上必定挂满露珠

孝心

母亲攒够二十只鸡蛋
我拎到城里卖了一块两毛钱
灌了煤油，称了盐，又自作主张
买了一本故事书、一盒海河烟
那时母亲会吸烟

报账时，我把惊喜藏到最后
先掏出故事书，母亲摸了摸我的脑袋
最后掏出海河烟，母亲立刻操起擀面杖
满村子追我

化作泥土

麦种落进土里，长出一条小尾巴
像蝌蚪一样，让土地受孕
土壤放下坚硬，侧过身子
不再有生长杂草的念头
青苗出土，天空让出足够的高度
云高远了许多
拔节，分蘖，抽穗，灌浆
希望走向成熟。收割后的麦子
把根留在土里，化作新的土壤
种麦子的农民，在播种一茬茬麦子时
把自己也一截截地种进土里
土生，土长，然后
化作泥土

剥洋葱

你是一粒不可触及的疼
像内心深处的一段记忆，苦涩辛辣
剥开你，我会流泪

有些事过去了，就不要再次打开
那年，正值中年的姐姐去世
她对我的疼爱，被鲜活地封存起来

阳光明媚的午后，我轻轻剥开你
早知道你会让我流泪
我准备好了一切，决意哭一场

二十多年了，我依然记得
她给我留的黄杏和香水梨的味道
这些甜甜的疼爱，怎么这样辣眼睛

等

大哥没钱治病，只能躺在炕上等
灯油一点点耗尽

中医每次给他把脉，他都要问：
“兄弟，还有几天？”

推门的北风和第一场雪，也在等
一小块坡地忍着不冻

中医给他点一支烟，又帮他熄灭烟头
蜷缩在破被里的人像棉絮一样可燃

哀伤

我之所见，为同类的死亡而痛哭的
只有人类和牛
老牛死去，炊烟像旗帜一样活泛
只有它的同伴，彻夜在分肉的场院刨土、吼叫

它们的哀伤使整个村子颤抖
使云层低过山头
使寒鸦不敢归巢

尤其见不得倒下的老牛，一直
睁着无知的眼睛，两个犄角尖
死死指向耕种过的山地

致西域故人

你从西域归来
眼里有雪、有沙、有胡杨扭曲的筋骨
你的额有帕米尔的鹰翅，有
托木尔、博格达的倒影
我想安慰你，可许多词
不舍得用。我怕飞出去的鹰
不再回来
我怕有些词不用还好，用了
就会后悔
比如：想你，念你，等你
这些词汇很重，再高的雪峰
也难以穿越千里戈壁，把它们
一一反射回来

羊群

一群羊走在回家的路上
头羊高昂着头
这些多嘴多舌的家伙，只管提问题
并不需要回答
它们把什么都说出来了，包括爱和恨
它们可能说出了更多，只是
你没有听懂
它们是不是知道注定会被宰杀，居然
时时都在练习隐身术
偌大一群羊，露出头来的只有几只
绝大多数，装作
自己不在场

苜蓿

苜蓿的命贱，只种一茬，就会代代繁衍
像山里人一样，穷命很长
苜蓿花是蓝色的
开花的时候，天空倒映下来
白天浅蓝，夜晚深蓝
如果土地要改种，就要刨出苜蓿根
下雨天，根上会长出蘑菇
必须在雨停之前采摘，不然
会生出很多虫子
老人说，这些白白胖胖的蘑菇
和白白胖胖的虫子
是苜蓿的另一种活法

那么旧，那么老

田埂低了，草深了
院墙低了，回声深了
屋檐低了，思念深了
屋里的家当，靠墙的农具，那么旧，那么老
就像记忆中的祖辈
他们是清朝和民国来的，那么旧，那么老

回到老家，就是回到从前
旧的山，旧的路，旧的宅子，旧的坟
像文物一样，让心沉静下来
儿时的小伙伴，蹲在老墙下面
新的阳光，黄灿灿的
晒着新的麦垛，也晒着弯腰驼背的
旧时少年

黄土

在吴家岔，我有十个爷
他们个个像犁一样弯曲，脸趋向于地面
如今，十个爷都融进了黄土
弯曲的颈椎、胸椎、腰椎，一一松开

令我恐慌的是，现在有好多人冲我喊爷
我努力把腰挺直，不看脚下的黄土
我知道，吴家岔的黄土很厚
可以挖很深的坑

和解是早晚的事，与黄土缠斗一生的人
到头来，还得靠黄土收留

夜夜勾魂的故土

离开故土，就要忍受连根拔起的痛
我出生的土炕，竹席盖着母亲的殷红
藏着乳牙的门槛，户枢逢人喊疼
漏风的墙缝有母亲脱落的发团
那棵和我一起长大的杏树，每年都要
替我给焦渴的家乡笑上一笑
祖传的圆镜见过了太多的欢乐和悲苦
岁月朦胧了往事，老年斑布满镜面
出入镜子的女人们，蹒跚在
青丝换白发的崎岖山路
家啊！搬得走的，无足轻重
而搬不走的，却在遥远的山乡
夜夜勾魂

我们都是孩子

墙缝里有一窝小鸟
它们还没有羽毛，甚至没有睁开眼睛
粉红色的皮肤，粉红色的爪
嫩黄的喙，张成好看的菱形
小舌弹一下，送出一声尖叫
我看了许久，然后悄悄离开
我们都是孩子，都有粉红色的童年
都有对这个世界的不设防

盲人羊倌

我不会把吃草的羊群想象成石头
黄土高原没有石头
不会把下山的羊群比作洪水
我们那里四季缺水
也不会把游动的羊群当作白云
我们的羊毛色很杂

远处的羊群最像成熟的麦子
一浪一浪地涌动
近处的羊群，我会想象成钱
像失眠一样数数，然后
在心里做个乘法

羊倌陈吉祥是个盲人
他熟悉每一头羊的脾气秉性
知道哪头母羊有了身孕
生产队长总是喝问：
“陈瞎子，你到底真瞎还是装瞎？”

扫墓

烧纸钱时，风赶来了
每年这天，风雨总能与人同悲
坟头草争着把自己点燃
这是丁山癸向，雪刚刚化尽
土层和心一样鲜嫩
膝下的深坑有水，是两声呼唤
眼泪落下来，人间有叮咚声响
我俯下身，草也俯下身
有人用小树枝劝阻草的自尽
有人拿眼泪劝慰我的哀伤
山风很凉，夕阳像黄土一样落在背上

化入土壤

把土豆切成四瓣，每一瓣
都有一个深深的芽窝
再用草木灰为土豆的伤口消毒
节气正值清明，纷纷扬扬的细雨
犹如碘酒，给山区的人间消毒
四瓣土豆将分别长芽
繁殖出各自的后代
我们这些种土豆的人，命运
与土豆相通
上辈躲不过的伤痛和仪式般的
流汗、流血、流泪，长出健壮的苗
换来子孙繁衍
然后，把自己化入
一生难解难分的土壤

煤，真黑啊

我们烧不起煤
村里人也没见过煤
我的一个叔叔在煤矿替人挖煤
过年回来带了一小块煤
大家轮流摸了摸说：黑！

后来，他躺在农用车底板上回来
执着地侧着头，把要命的伤口藏在暗处
他的脸是黑的，脸上的血也是黑的
我们又一次看到黑色的煤
比山村的夜要黑得多

高度

拆除脚手架的工人又黑又小
像枯枝上跳跃的麻雀

铁管落地，很兴奋的样子
一声接一声尖叫

太阳落山，空气有些凝滞
落日再沉一沉，才是纯粹的黑夜

工人回到地面，也要再沉一沉
很深很深的地下室是属于他们的高度

伤心的食指

幼儿园老师教小朋友认识五指
大拇指爸爸，食指妈妈……小拇指我
孙女说，嫚嫚每次说到食指就哭了

绝望最先落地

我站在楼下，仰起头来数窗户
一直数到第十层

我那朋友跳下时，他对这个世界的绝望
肯定比躯体更重一些

我希望，最重的事物先落地
像床垫一样，多少把他托一下

老月亮，旧时光

门前的荒山，我从来不把它当作山
像炕头一样，抬腿就上
它始终温顺地伏在我的脚下
如今，它用我的喘息证明，它就是山
不是想上就能上的炕

这具肉身，我也从来没有当回事
如今处处有话要说
各个零件合起伙来提抗议
脚掌、脚跟、脚背、脚踝轮着疼
多微小的关节也在拼命尖叫

一轮磨损了的月亮，一段用旧了的时光
也有它们的疼痛
老月亮向山野洒下了那么多清泪
旧时光像结石一样梗在骨缝里
满满的都是悲情和无奈

城市表面的瑕疵

一群麻雀起起落落，翅尖儿刺穿
混浊的空气
它们飞过，城市的天空矮了下来

它们曾经栖居土木，忙碌于田垄
习惯缓慢的事物，有正式的身份
有一个草人儿以它们为业

城市的麻雀虽然仍然可以划破天空
却没有身份，是城市表面的瑕疵
是行道树上多余的部分

心甘情愿

回应大海的呼唤，阳光在青藏高原
释放出一滴清水
千万座大山排兵布阵
四季软硬兼施
无数的未知睁着狐媚的眼睛
形体柔弱的水滴，骨子里有着
接近天空的高贵
每一次转身，都是一次心甘情愿的骨折
它的身后，鱼苗和蝌蚪轻易找到了
下海成龙的捷径

我是猫

我想，我的前世可能是一只猫
我对少数人足够亲昵，而对多数人
持有一定的戒心
我向往大树，也关注鼠洞
有时候，不知不觉间伸出利爪
我会在每一道血痕中播种诗句，供人类朗读
也许，我曾是一只流浪猫
对于低处的一切，有着高度敏感
而对于夜间无家可归的生灵，则持有
难以抑制的悲悯

第一片落叶

又是落叶季，一夜北风营造出无限萧瑟
我要做秋天的第一片落叶
我落下时，有人会为我献上
一抔小小的伤感
蝼蚁会发现我，小心脏加速跳动
它们的很多同类庄严肃穆地围拢过来
把我切碎，为我天葬
我的身后还会有很多落叶
而它们落下时，人间的伤感就要愈合
所有的神经已经冻僵
天葬台行将荒芜
多好啊！唯独我用微凉的余生
换来了一个温热的结局

等齐每一个生命

秋已深，一只瓢虫在花枝间徜徉
它似乎患了失忆症
所有虫类都有了去处，唯独它执着地
为沉静的花园制造着动感
一些水汽在远方结晶，只需
一个出发的口令
也许，正是这只瓢虫的存在，秋天
到此放缓了脚步
季节的更替是仁慈的，它要等齐
每一个落在后面的生命
必要时，还会
回一下头

扶正倒悬的生命

如果在夜晚，如果你看着输液瓶以读秒的方式
逐渐把身体倒空
你或许可以听到一个病人体内
厮杀的呐喊

每一滴水珠都是战士
倒悬的输液瓶以绝对的耐心
把倒悬的生命一点点扶正

你无法想象，赋予狼性的水珠，是怎样
在绝对黑暗的工事，挺起钢矛
小心清理每一寸战场

一张白纸

从稻草、芦苇中取出肌肉，取出白
以从未抵达的薄，兜住
阴阳五行和日月星光

笔墨在无瑕的空白上弄出边界
逼一张白纸说出谎言
替潮湿的心下雨
装进正义与阴谋、完美与丑陋
留待千年以后作证

一张白纸虽然对前世的生长失去记忆
却须提防，笔墨赋予的
诉状或者判词

只差一声呼唤

我收藏了你窗口的柔光
在你的门前雪地上放下一对脚窝
我知道，你我相见并不难，中间
只差一声呼唤

相见又如何
你的话语锁在眼中，而我说出的
也不一定是你最想听到的
相见不如不见

偏不等你，偏不唤你
直到离开你的城市，我再告诉你
你门前的梅花让我流泪，你的窗花
是一对相思鸟

安慰

我必须安慰一群受惊的蚂蚁
熄灭战火，抚平波涛
让心跳归于平静

我必须学会催眠术
像安慰蚂蚁那样，安慰我的文字
这群成精的蚂蚁有太多的想法

安慰文字，按住狂躁的心脏
将它们排队、分行
在赶尸人的鞭子下，文通句顺地前行

我知道你在那里

我知道你在那里
在那里，这就够了
不需要你走近我，我的愿望很小

你在那里，我每天向你的方向遥望
看月亮肥肥瘦瘦
带着你的妩媚，花一个整夜向我走来

你在那里，风就从那里起飞
我可以拦住一缕清风，打探你的消息
盼只盼啊，四季风来来回回地吹

我知道你在那里
你的所在就是我的地心
一生一世，我摆脱不了你的吸引

夜的神思

我终究会明白，这长长的一生
总有一些不可回首的时刻，犹如
微微起伏的水面上，总有一些波澜和涟漪
无法重复，无法描绘

我确实业已了然，岁月无情逝去后
所有的人事都是悔恨的根源
所有的时光都有无法言说的疼痛
唯有年少的轻狂，疼痛却是一朵美丽的鲜花

我曾在无月的夜空下疾走，曾在
旷野的风声中高歌
不论骄傲的足迹，还是淡然而过的路径
都会留下斑斓的色彩

你知道吗？此刻的夜，浓雾沉沉
这颗成熟而疲惫的心正在穿云破雾
反复吟诵着柔情的诗篇，声声呼唤
夜的透明与宁静

夏至

今天，阳光不弯曲，立竿不见影
我承受不起这炽热的恩赐
体内的盐在发肤闪光

今天，许多想法升高了温度
理想和抱负冲破现实
我又一次俯瞰这大汗淋漓的人间

今天，我无法咽下世俗的味道
从高处坠落时，世界必将涌起风声
像海啸一般砸向精神的堤岸

教你喊出她的名字

我想当一名不知疲倦的老师
教夜说出她的名字
教季节写出她的名字
教花呀、草呀、路灯呀，学会
为她开，为她绿，为她而闪亮
那只偶然落在我窗前的鹦鹉啊，请你
多停一刻吧，让我教你，教你
一字一顿地喊出一个妹妹的名字
一定要在高处，在风中
一遍遍地喊

宁静

些许凉意，皮肤略略发紧
原生杂树林静静地绿着
在这个春末的上午
土还没晒热，蝉等在土里
林中的小溪看不出是静还是动
蝌蚪们的小尾巴轻轻摆动
朝着同一个方向朝拜
看得久了，溪水进入瞳孔
流经脉管，在心脏
叮咚作响
躁动的心放慢了节律
几块石头摆成一组几案
案边的人嘴唇开合
却不闻所言
显然，他们受制于宁静的魔力
几只蚂蚁用触角敲打着杯壁
反复探询茶水的温度
孩子在远处追逐泡泡

偶尔有空灵的笑声泛起，若梦若幻
这是一段精致的时光
一年中只有这么一寸

石头断想

苦胆无法嚼碎一颗石头
而且还在包庇，是石头的同谋
莫要奢谈披肝沥胆
它越来越与我貌合神离
小时候，家里只有一颗石头
母亲洗清了全部纹理
沉入菜缸，一再下坠
像在苦胆中寻找疼痛的底部
我崇拜坚硬的事物，也曾在
坚硬面前膝行，花岗岩拖着血痕
一生中，有过和命运硬碰硬的倔强
虽然没有化为粉末，却
火星飞溅，棱角尽失
今天，找一块含有钙质的石头坐坐
在冰凉中取出温热
坚硬的内心，与石头达到深度和解
就像体内的那颗一样
它不动，我就默认

留白

诗人、画家相聚，大家在努力寻找谈话的公约数
看得出，这些半生不熟的文人
言辞的交集很小
留白是贯通诗画两界的通用词

近来，脑子经常断电
当大家谈论留白时，我暗自确认
若论留白，自己多少有点发言权

观碑林

如此密集的石碑，使我想到公墓
读碑，需要降低身体
以下跪的姿态，面对千百年前的刀痕
那些久远的敲击声在碑文后回响
膝盖很疼，似有錾子和锤头细凿

好多次，想给父母立碑
刻一些尖锐的文字，让双亲摸一摸
这人世的寂寥和疼痛，了断
最后一丝不舍
怎奈何，他们不愿把名字摁进岩石
不愿让路人反复呼唤，搅扰安宁的灵魂

在寂静的空间读碑，能够听到
石头骨折的轻响
久读，有水声、火光和隐约的呐喊声
远去的朝代欠了欠身子
我的目光从每一个笔画扫过

竟然从残损的刀痕中，取出了
刻碑人留下的几声咳喘

被时间的锐角削薄

照片在办公桌摆了十年
我在缓慢变老，而它不停地远去
出出进进沾染的风尘像水泥一样
凝结成块，需要白色药片化开
形象被时间的锐角越削越薄
眉眼深邃而简单
就像随便涂抹的一幅简笔画
笑容疲惫而僵硬
不停地中和着人生况味
有空时，我会对它说一些私话
给它补充一点新的笑容
让它在停顿的时光和落下的距离中
不至于过分寂寞

浅秋

选一片树叶，把日子放进去
跟随季节的脚步变黄、飘飞，析出黄金

寻一条小溪，把僧衣放进去
濯洗半生风尘，露出一副恬淡的灵魂

找一朵白云，把脚印放进去
历经飘荡、聚散，化作细雨重回人间

截一段雁鸣，把双翼放进去
掠过日渐苍凉的北方，投奔一方希望

养一堆文字，把乡愁放进去
做一个牧羊人，把它们赶上浅秋的山梁

秋天正在我的山乡成熟
长夜中，母亲的白发结满霜花

锈死的时间

停摆的老式座钟，它的寿命
肯定长于所见的时间
在它逐渐慢下来、停下来的过程中
有一部分时间丢失了，这是
无法找回的

后来，它的内部发生锈蚀
牙齿松动、脱落，关节锁死
又有一些时间被锈死在内部，这也是
无法取出的

它亮出来的部分，磨损、掉漆、积尘
像一位风烛残年的老者，看一眼
就让人生出几分敬意

我的肉身如此沉重

像砂轮一样打磨生活的细节
粗粝的表面反复抛光
锐刺、增生、炎症，调制出岁月的滋味
在椎管中一再膨胀

拒绝弯曲，拒绝转向，拒绝检视
来路的脚印
我的肉身如此沉重
这一丝气息，何以兜得住
如此硕大的不堪

痛，让我确信
一个卑微而顽强的灵魂，仍然保留着
最初的敏感

戒心

开膛去鳞的鱼依然认得水
还能浮
还能游
还能躲闪人类的手
还能从手中逃离
鱼至死也要保持
像深渊一样的戒心

疼痛

年轻时，常常忽略肉身的存在
现在，每个部位都有话要说
争着告诉我它的存在

我无法拒绝疼痛，就像雨云
无法拒绝撕裂和洒泪
走惯的路，如今步步喊疼

雾霾中的车马和拆去门窗的老楼
它们似乎比我有着更强烈的疼痛，却
无法喊出来

火的分量

一块煤怀里揣着火
却在雪地挨冻

煤的黑是火的前世
正如黎明前的黑

保持冰凉，保持黑
它始终是煤，像石头一样沉稳

如果把火取出，它只能是
一堆没有分量的灰

千年的文字

在一张纸上种下思想
在一张纸上播撒花种
在一张纸上埋伏阴谋
在一张纸上还原稻草和沃土
在一张纸上安放时间

让深邃的滴答声一直响下去
展开岁月的微黄
千年之后，纸上黑色的重量开口说话
句句都是证词
指证的罪犯，全都逃脱了判决

对峙

刺猬是迟缓的事物
走近它时，它放弃了逃跑
蜷成团，让刺像钉子一样倒立起来

我欣赏它的决绝
如果是我，会慌乱，会狂奔
会露出软弱的部位
我的刺稀少而柔软，竖起来时
仍然会在微风中抖动

在这个月夜，月亮是另一个迟缓的事物
我们的对峙，她驻足观望
云一点点靠近

如果一直对峙下去，月亮会生锈
我也会锈迹斑斑
而钉子会被月光擦得雪亮

等一场风

这个季节，风悬停于高处
我等的那场风，不是风花雪月的风
不是古佛堂前的风
而是一场穿透灵魂与肉体的风

多少个祈愿，等待一场风的到来
比如草低下头，现出牛羊
雾霾蒙蔽的天空，需要风来擦蓝
心中的块垒，以暖风化开

今夜过于静谧，风在细胞中聚集
从身体深处徐徐刮来
一路擦亮好多小星星

最想的……

想的就是一盏摇曳的油灯
想的就是黢黑的房梁
想的就是光屁股娃娃在涝坝戏水，那里面
最瘦的一个是我
想的就是爷爷凌晨的第一声咳嗽，老黄狗
替他咳出了接下来的几声
想的就是，妈妈从炕眼里掏出
热腾腾的大洋芋，黄灿灿的皮喷着香气
最想的还有，我的膝盖下
那些和我一起跪倒的草
它们再使使劲，根就要摸着
妈妈的老衣了

神迹

现在，让我们来谈一谈神迹吧
此刻，霜花精致而均匀
非人力所能为
我度过了一个真幻难辨的夜晚
逝去的亲人，完好如初地坐在对面
没有丝毫悲戚
深蓝色的天空，是谁划亮了几根火柴棒
点燃了玉泉山的霜叶
早晨，有鸟鸣从窗帘上跳下来
言说着一些轻佻的事情，晶莹剔透
你记得吧，一些心事，我们说好放下的
是谁又把它们塞进挎包
桌面的指印在无边的静夜惹上尘埃
有神经过的细微迹象
就在此刻，我的内心像簧片一样
被谁轻轻地弹拨了一下
发出长长的颤音

贡品

我的家乡有真正的雪
那雪有毒，能让接触到的一切肿胀起来
雪能堵门，能将高头大马变矮
能让热泪以冰凌的方式悬挂在伤心之处
鹞鹰的翅尖携着薄薄的刀片
在每一棵树的脖子上比来比去
旷野收紧了皮肤
草垛看起来更像馒头或者乳房
母亲种了一辈子麦子，至死也没有
好好吃一顿大白馒头
雪后，她的坟堆很像一个白花花的馒头
在我心里，母亲连同坟堆，是她老人家
献给敬重的土地的
最后一份贡品

臀

每一辆汽车都有一个好看的臀
设计师用足了功力，把美学原理施放在臀部

在我的家乡，大牲口和猪羊们
也都长着肥美的臀
那是满山青草用浓浓的汁液施放的魔法

擦车时，总会想到母亲又瘦又尖的臀
她赶着一群干瘦的羊，像云一样
飘在四面山坡
到了秋天，每一只臀都像馒头一样圆溜
而母亲，则比春天更加弯曲一些

倒车时，爱车的美臀被顶了一个坑
这又一次勾起我对母亲的思念
去世后，我们把她抬了二十里山路
我一直在提醒大家走慢点、走稳点
我最清楚，母亲的腰、腿、臀
动哪儿，哪儿都疼

逃离

一个伟人告诉他的孩子：遇到麻烦
最好的办法就是逃离

很多时候，我也会逃离一些场景
逃离过莫名其妙的宴席
逃离过内心崩溃的一个瞬间
艰难地逃离过逃离的折磨
这一次，逃离了
漫长而乏味的中年

当我老去

进入老年，不再添置新衣
官场上的，送给儿子
柔软、贴身的，留给自己
鞋，不在乎式样，一定要平跟软底
人间给我太多奔跑的理由

不停地收拾
不停地盘算
不停地准备
每一封书信都当遗书
每一次睡眠都当永别
有一个日期也许很远，也许很近

每天望一眼雪线，想一想六月飞雪的顶峰
神的日子也不好过
每月去一次医院，备足一个月的口粮
血液太稠，血管太硬
最向往一觉醒来，发现自己

已经离世
不惊，不惧，不痛

一个低头走路的人

一个人低头走路
他路过了很多地方
一些磨损卷边的旧时光，被他
一次次路过

忽略所有，包括被时间扶起又摁倒的肉体
他低着头，走向路的尽头
尽头有断崖百丈
他仍在低头走路

他的人生在不断地路过，忽略
再路过，再忽略
直到被坚硬、锋利的时光绊倒
断崖在前方伸出援手
借势拉了一把

怯

你总是怯怯地站在那里，乖得像个孩子
胸膛微微起伏

当别人看你时，你像做了错事一般
头微微低下

你在私下里，是那么调皮活泼
可为什么怕见任何一个生人

人家说，你挑了个很暗的角落站着
那个角落却有很亮的光
让人无法忽视

哦，底肥

树木离散的发肤，每一片都是一个小疼
深埋根下，沤成底肥
来年的树冠和果实是生命的又一个轮回

张三趁着风夜，把早产的骨肉
偷埋到邻家的苹果树下
他只想看看那满树笑脸粉嫩的模样

吴家岔的每一面山坡都有一块坟地
祖先们把自己化为底肥
以谷穗和块茎的方式填满子孙的日子

我的前世

在繁华的人间，我小心翼翼地掩藏着什么
越来越相信，我的前世
是一匹狼或一只刺猬
我不融于人群，就像油不溶于水
就像水不溶于火
我有狼的孤独和刺猬的迟缓
人间有莫名的敌意，而我
有放不下的警惕
那山月，那市井
所有蛛丝，马迹，风吹，草动
都暗含敌意
人间的一切令我惊心
我随时准备进攻，诗歌是我的短剑
我也随时准备抽离，让诗歌为我断后
我的前世就是今生的隐私
我必须把尾巴藏好
把满身锐刺
高高竖起

捧着一桩棘手的心事

双手捧一盆金虎，在人群中逆行
很像捧着一桩棘手的心事
沉重而烦恼

我是一张深入土层的犁铧
一种预期的疼，惊扰了匆匆的脚步
人流在我面前被左右犁开

金虎，多肉植物，浑圆而多刺
距离产生美
我多像一个戴手铐的囚徒
以双手前伸的姿势，感受着沉重

我和路人怀着共同的戒备，保持着
必要的安全距离
我们似乎都是生活的囚徒或者逃犯
却都有一颗怕疼的心

我和他们一样，害怕金黄色的锐刺
刺伤柔软的部位，刺穿赖以虚荣的面子
以本相面对世界

为妈妈留一扇窗户

妈妈在窗外敲玻璃，白发挂着水珠
她没有悲伤，我也没有
生死，仿若半日小别
“你的袜子破了，我去给你补补”
她弯成问号的身躯，轻易跨出窗口
十八楼，母亲一生从未企及的高度
翻身下床，袜子不见踪影
此刻，我已想好，不犹豫，不听劝
今夜，必须为妈妈留一扇窗户

影子

无聊的时候，在马路上走
让自己的影子和别人的影子发生关系
头对头，肩并肩
踩别人的头，使劲跺脚
等一声尖叫
遇到同性的影子，能想到
决斗或者和解
遇到异性的影子，叠上去
生出一点小邪念

缓慢与紧促

哀乐是缓慢的
三鞠躬是缓慢的
泣血的回忆是缓慢的

殡仪馆以分秒计费
一小时内，必须把眼泪流干，必须
在电与火的盛典上，让骨头放下重量
为灵魂的飞升长出翅膀

紧促的枝头挂着缓慢的果实
一小时后，哀伤另起一段
新的逝者将在这里
收到眼泪

我的农历

我背着农历的褡裢，前面装着
母亲的忌日和我的生日，后面装着
一年的节气和农时

我关注月亮胜于关注太阳
我的心头有月亮的圆缺，我的褡裢
随着月相增减着分量

在我的眼中，满月中有麦子和肥猪
有黄土高原上老榆树的倒影
和母亲弯曲的双膝
在残月中，我读出了童年的快乐，发现了
隔世的罪孽和恩仇
我的褡裢，经线是土地，纬线是乡愁
经纬交织，给我送来寒露的凉、霜降的白
守住清明的细雨，冬至的长夜

我和我的乡亲胸前胸后

背着像月光一样轻薄的命运，背着
像农历一样陈旧的影子
生于农历，死于农历

让诗歌暖热天地人间

灯火渐次暗淡，烟花悉数幻灭
在这静谧而温热的卧房，我敞开窗帘
明月无瑕，月光清冷
照亮窗口的月光，也照亮着燕山苍老的脊线

时钟的秒针，执着而有力地敲打着
元夜的黑暗
而时间，形成一个巨大的陷阱
把俘获的美好与苍凉一一吞下

山影朦胧，松林微白
沉睡的家人或许正在深梦中徜徉，或许
还在无形的陷落中挣扎
远山一如我的窗口
月光就要离去，晨曦终将来临

此刻，月色尚好，睡意全无
我像一个工匠，把一些词句

精确铆合在元宵之夜寂寞而清冷的躯体
让诗歌的温度，暖热早春时节的
天地人间

红枫树的坚持

草坪枯了
爬山虎枯了
葡萄藤朝秋日伸出干瘦的手臂
墙角的一株红枫用像鹅蹼一样的爪
勾住深秋的裤脚
它再坚持坚持，蒲公英的小白伞
就可以起飞了
再坚持坚持，轮椅上沉睡的老婆婆
就可以醒过来了

语言的形状

一个浑圆的笔筒有着优雅柔顺的外表
就像一支轻音乐，一路轻轻地奏下去
似有似无，时有时无

笔筒不说话，却具备
说话的牙齿、尖舌和喉咙
从笔筒说出来的，有圆形，有椭圆形
也有微微起伏的曲线

其实，笔筒容纳了许多更尖锐的事物
最适宜说出刻薄的话语
因此，有些声音是方形的，有些
是锐角三角形，有些
直接就是一根针、一只箭

不善辞令者，他们的针和箭
不是藏在心里、眼里，就是藏在笔筒里
随时可以射出来

雪花的背面是温暖

漫天的雪花，少数与我相遇
短暂的肌肤相亲，却是雪花美丽的一生
温存，我很少珍惜
母亲生前常说，雪花的背面是暖和的
冻伤的脚，用雪来搓
雪下面，春草最先发芽
下雪不冷，化雪冷
她的墓地和坟丘是雪最厚的地方
我想，那里应该更温暖一些
面对这个冬天的最后一场雪，我似乎看到
暖风、花蕾、绿野，密密麻麻地
别在雪花的背面
想念春天时，我们可以摘取一朵雪花
从 A 面翻到 B 面

一声锐响扎伤了我

我们一边喝酒，一边叙旧
酒吧晃动的灯光，摇醒了
麻木已久的柔肠
有一张桌上打碎一个酒瓶
那声锐响，扎伤了我
心口猛地疼了一下
话题像酒瓶一样拎来拎去
有些像白酒，无色却很闹心
有些像可乐，深色但不走心
酒喝到这个份上，酒瓶搁到谁的面前，谁都摇头
不能再喝了，杯中酒
干！

旧书

淘到一本线装书，清朝的
一百多年人间风云像音轨一样
被虫虫深浅不一地雕刻在纸面上

幸亏，小读者读书很慢
后半部尚未读破

好吧，剩下的
我来读

画一双眼睛

画母亲，几乎不需着墨，即可画她的白发
用浓墨画日渐下陷的腮
画大襟棉袄上的盘扣、扣眼上吊着的
挖耳勺、铁牙签和一把旧钥匙
画那对变形的小脚和裤脚上
绑了一生的黑缎带

然而，我却迟迟不敢画她的眼睛
那双眼睛，曾经对着一张打开的信纸流泪
对着读信人的唇流泪，对着
握不住的日子流泪

眼睛失去光感，泪却更加充盈
吃进去的苦，在漫长的冬夜里
从肝脏到苦胆，消化、解毒，溶进血液
实在化不掉的，从泪腺排出来
在袖口和衣襟，析出盐分

以写实的手法画眼睛，必须画两行泪
画湿的两腮、湿的衣襟和脚下的湿土地
不敢设想，我这双眼睛
能不能噙得住哆哆嗦嗦的画笔

等一片云

母亲一走，家乡就成了故乡
乡愁只是一个方向
——向西，偏北
陌生的地址，我的乡、村、组，改了姓氏

在北京，向西，偏北
给母亲烧纸，上香，奠酒
青烟乘着东南风，向西，偏北
四千里之外，孤坟一座
母亲是一个坐标、一个像素
替我标注着故乡，守护着乡愁

清明雨，似泪飞
那片雨云，昼夜疾行
向西，偏北
四千里外，等一片云的到来
替我哭上一场

慢下来

我选择步行，选择绕道
只为让生命和阅历增加一些长度和重量

我观察一只菜虫在枝叶间移动，缓慢地
结茧，成蛹，羽化
看着枯叶和彩蝶一起，借风势起飞

我伸出左手，看日光的边界
从手掌到手心，直到在指尖跌落
耐心等一声失重的尖叫

我在每一个转角处久久徘徊，仔细察看
往来的人流、街市的喧闹和风
看他们是如何改变行进的方向

我知道老之将至，脚步慢下来时
甚至听到体内的部分缓慢地死去
还有部分重新打开，就像花朵

在熹微中，再一次张开花瓣

啊，我曾经忽略了那么多质感和层次
轻率地支付了美好的光阴
现在才真正懂得细节和享受
原来就在慢下来之后
拥有美和幸福，只需
一次减速和弯腰

早春，走过月夜的水边

仿佛只是一个转身，风景已经变换
仿佛只是一夜春风，枝头缀满花蕾
仿佛只是一次月圆，鬓发已然飞雪
仿佛只是一趟旅行，盛年离我而去

我不停地留意，留意身边的每一缕蛛丝
只怕一次忽略，就是永远的错失
我一次次地试探，想知道生命有多少种可能
我一次次地夜行，想验证一个古老的传说
——猛回头，发现灵魂就在身后

今夜，我走在月夜的水边
看涟漪撕碎霜白
听岸柳发出关节的轻响
我知道，身后那条月影是灵魂
不离不弃的追随

在我经过的路侧，时光陀螺在精致旋转

而我的体内憋着一声呐喊
那是对春天的一句赞美、一声感慨
早春时节，每一个腺体都涵养着一次萌发
每一个新芽都有一个绽开的愿望

它们活像我的母亲

不敢确定，回乡的道路还有多少道弯
不敢确定，路边惊慌的野鸡还在不在草丛
不敢确定，老家的黄狗还记不记得我的气味

我能确定的是，西北高原的那一面山坡上
五棵柳树被剃过十次头
每剃一次，都能抽出新枝，长成笔直的椽檩

柳荫之下，鼠洞连通了母亲的坟茔
黄鼠一边像农民一样忙碌，一边
提防着山野的风吹草动
那小心翼翼的神态，活像我那
胆小怕事的母亲

我属于土壤和村庄

——致打工者

白天，我用普通话行走，却在夜深人静时
忍不住用方言做梦
我必须在岗位字正腔圆，却用家乡土话
一遍遍默念着土地的恩德
我穿着大公司的工装，却让血液中的盐分
在前胸后背板结成铁
在城市，我是
农耕时代遗落的残片
我不属于这座规划过的城郭，我当是
落在一块麦地的籽粒
在石板水泥的缝隙里，我不会发芽
我的幸福和价值只属于
墒情饱满的土壤
和炊烟斜斜的村庄
如果有人捡到我，请把我送回去
送回我的田垄

一首悼亡诗

前些天写的一首悼亡诗，在朋友圈
又被谁顶了起来
本想让它在岁月中化掉肌肉和骨头
就像离开我的朋友那样

玉渊潭的水没有波澜
水底安睡着一些杂物
天光云影反复揉搓，却不能
让有分量的石头翻动身子

人死后，到底有像石头一样的定力
还是像水草一样的柔性呢
我的诗已经安息在水底
却有无心人为它
点了一个赞

想念人间的凉热

在千里戈壁，只要俯身，便有永恒
石头不朽，沙粒不朽
活着或者死去的胡杨也不朽
我来到戈壁深处，触碰到一颗不朽的心脏
亿万年地搏动，亿万年地静默

戈壁，一个独立的国度
沙狐，沙兔，沙蛇，胡杨，骆驼刺，戈壁狼
在和平的国度里，永恒地进化
我们，来自人间的生灵
在戈壁遭遇语言不通，水土不服
再轻柔的歌声，在这一方天空
都会像戈壁乌鸦的鸣叫
苍凉、粗粝而破碎不堪

在砾石遍地的戈壁坐下，就会享受
漫长的白昼、静止的时间
就会有最干净的事物围拢过来

它们是像黑宝石一样的甲虫，像清泉一样的风
还有最干净的念想，静悄悄地生长

这时候，我多么想念人间的凉热啊
哪怕天空掉下一滴雨
我都会泪流满面

无雪的深冬，无话可说

无雪的深冬，风是唯一的语言
我低着头走路，不和任何人搭话
风，声形并茂
一会儿在高处嘶鸣，一会儿把空枝摇晃
有时，赶着一群枯叶前行
显然有着明确的去向
我看得清楚，却不说话
风阻止我前行，把我的头发当作旗帜
我一言不发
说什么呢？无雪的深冬
无话可说
倒不如，让我的心再寒冷些
把所有的潮湿都凝结成冰晶
痛痛快快地下一场雪

那时，我们的词汇中只有永远

我已经没有力量，扶起倒在水中的群峰
甚至无法拯救自己的影子
——它在玉渊潭的湖水中久久浸泡

水中有返青的柳枝，有鸟鸣，有我的心跳
漂浮着曾经憧憬过的图景

今天的湖水比前几日更绿一些
我多么希望在湖面找到你的一枚笑靥
而一切都是徒劳

水又绿了，我的影子被谁撕碎
又被谁粗针大线地缝合，针脚长成疤痕
一如一年来的憔悴

那时，你在我的身边，我们没有眼泪
玉渊潭的湖水还不是咸的
那时，你还健康，你我的词汇中只有永远
而没有分离

理性的光辉

将要喷发时，有一只手伸过来
轻轻按住火山口
对方的体温似乎更低一些
并且以一种缓慢而坚定的频率起伏
危机消解于无形，灰烬冒着灰烟
在风中垂落
突然，那只手抽离，将我悬于半空

梦醒之后，我在朦胧中不停地寻找
那只柔软而略显冰凉的手
它的神性让我久久痴迷
我想，这可能就是某种禀赋的光辉吧
它常常在将爆未爆的一刻出现
巧妙地拆除引信

向弱小者弯腰

向蝼蚁弯腰
向幼苗弯腰
向尘土中的每一个脚印弯腰
也向书中银灰色的蠹虫弯腰，它花了
一百年时间，读透一本经书
很多次，还向平躺着的男女老幼
深深地鞠躬致敬，以偷觑的姿态
嘱咐他们安息

此生，我常常向吹气可断的弱者弯腰
而面对强大的事物，僵硬的腰椎
往往限制了弯曲的弧度

骨节里长满了细碎的牙齿
有小粒疼痛膨出
每一次弯曲，天空跟着垂将下来

北京想念雪

黄昏，我和柿树站成一排
我们张望远方，想念雪
远方，伊犁大雪，兰州大雪，呼和浩特大雪

北京想念一场雪
想念一场洁白、温暖的雪
我答应孙女，要用躲过雾霾的雪，堆一个
灵性的雪人，让他开口说出遥远的故事

柿树举着一个圆圆的巢
那是一颗硕大的果实
需要一场雪，让空巢盛满温暖，盛满水

想念一场雪，想念一场小时候的雪
那场雪让家人偎得更紧
让理想飘得更远
一场雪拉近了思亲的视线
长路填平了坎坷

在雪原写诗

雪原是我的心境
我尽量忽略细节，让雪原一再宽广
先是忽略厚实的土层，忽略土层下面
酣睡的鼹鼠和根须
进一步抹去草木、沟壑、流水
抹去人和人的城郭
最后，忽略天地间那一条含混不清的界限
我的心空出好大一张白纸
这时候，我只想写诗，写一首长诗
在天空立题，洋洋洒洒，一直写向地面
把意象写成雪花，把意境
写成一场暴风雪
再把一些尖锐的动词写成冰凌和冻湖
把隐喻写成夏日的雷电
反复修改、打磨，陆续加入一些
空行、断句、跳跃和留白
直到结满岁月的包浆

极像一损俱损的难兄难弟

像法医一样精心解剖一只鸡
颈、翅、腿，刀法简单，干脆利落
开膛破肚，取出小心脏，肝脏紧跟着出来
胆紧贴着肝
我惊奇于它们的血脉相连
惊叹于“心肝宝贝”“肝胆相照”这些词汇的贴切
这让我联想到父亲的肝病、母亲的心衰
和自己胆囊中那颗像胎儿一样
发育成长的结石
这三个器官极像一损俱损的难兄难弟

死海

这一片海域，波涛依旧，潮汐依旧
却被诊断为死海
波涛是它的呼吸
呼吸只是一种假象
潮汐是它的脉搏
脉搏也是假象
不久前，留守妇女丁香走进深水
把死海又杀死了一遍
医生说，大海的生命体征
不是呼吸和脉搏
而是有没有长不过半寸，目光
即能击穿的
小虾米

稀释的温暖

修鞋师傅的摊位在两栋楼的夹缝中
阳光从一栋楼顶照下来，到另一栋楼顶离开
半个小时，这是他的白天

白天，他会停下工作，像一只老年蜥蜴
专注地晒太阳
我坐在对面陪他晒

这时候，任何催促和扰动都是冒犯
他那冻伤的鼻头和手背，有血水渗出
每一处伤口都反射阳光

我甚至自责，我的加入，稀释了他的温暖
正像他的存在，稀释了
这座城市的温暖

母亲，旧时代的遗物

母亲站在夕阳下，头顶和胸前
沾着几小片昏黄的阳光
正如她经历过的八十多年旧日子

母亲裹脚、扎裤腿、穿大襟衣服
是旧时代的一件遗物
她习惯性地拍拍大襟，光斑轻轻跃动
我上前扶住她，感到周身的颤抖

夕阳下，我们母子说着一些无关紧要的话
对答缓慢，磕磕绊绊
好像一篇艰涩的古文

这些年，我们不再谈论深刻的话题
她已经没有能力关心更多的事情
母亲的肺病，消耗了过多的力气
余下的，只够下一口喘息

母亲说，鱼肝油对眼睛好
要我再买两瓶
我知道，这只是安慰。她的视力
已经一直在下降

对于我的高血压，她还是念念不忘
很认真地盯着我说，把药吃着
这句话，就像她的孙子学写的生字
横平竖直，工工整整

胡子里的故事

记得小时候，三爷爷的胡子里
埋伏着绿林好汉、魑魅魍魉、男欢女爱
胡子很长，故事很多
三爷爷的胡子抖动着，故事
就顺着胡子抖搂出来了

老话说，爷爷孙子老弟兄
三爷爷的故事有点黄，听得我脸红耳赤
可三天不听，心里就会发痒

三爷爷后来客死他乡
我到坟上看他时，坟头草很密很长
蒲草和马蹄兰，叶子像胡子一样抖动着

烧一抔黄表纸，正好配那些泛黄的故事
多厚的黄土，也封不住讲故事的人
从我迟暮的残梦里，取出一个
羞涩的少年

崖上石头

在这百丈崖上，我和石头相互为邻
我们都有交流的愿望，却找不到共同语言
需要调准频率或波段，互相配对
打通语言的通道

我的冷漠正好适合石头的性格
而它的坚硬，正是我的追求
我们可以互相慰藉
此刻，太阳在身后下沉，我的影子
从崖上泻下去
像绸缎一样柔软，大而无当
那是我此生多余的部分

冷漠、坚硬和巨大的阴影，给交流
涂上灰色的背景
坚持不了多久，注定有一场不欢而散
我将石头投出去，崖下的河水大吃一惊
溅起的部分应是石头

内心的独白，或者
轻微怨恨

很快露出真相

听到木鱼声响，就会联想到凿冰的声音
一样的节奏，一样的力道
越听越惊心

凿穿坚冰，需要一腔诚心
每一下，都有一些碎屑飞溅
相信命运，相信工夫，相信凿穿之后
会看到冒着热气的生活

佛堂虽无坚冰，每一次敲击
也有碎屑飞溅
千百次的敲击，碎屑尘飞，心境
有了一层厚厚的包浆

你看那青筋暴起的大手，如此敲下去
人间很快就会露出真相

我们

整个冬天，锄把和锹把靠墙站着
互不打扰，也不回忆，只看着
锄头和铁锹默默地生锈

想当初，它们是一棵树上的两根侧枝
风一来，一齐摆，一齐摇
推推搡搡，吵吵闹闹
蹭掉几片叶子，然后击掌讲和

那时候，我是它们浓荫下的
一个半大小子
刚刚挥得动斧头

月亮和太阳

月亮在草叶上挂了好多果实
透明，椭圆
太阳出来后，第一件事
就是把果实收走
草丛中一夜的虫鸣，也被太阳
一起采摘了

仔细察看，还有很多事物是月亮种下的
比如蠕动在路中央的蚯蚓，那只野猫
领出来的一窝猫仔
老李头半夜发作的心梗

哦！太阳出来后办的第二件事，就是
把老李头收走了

熄灭一树繁花

从五十八层俯视，有人
对一棵树下手
树肯定没有想到，高处有一个见证

枝叶的抖动，透露出它内心的惊慌
斧子砍下去，树忍了一两秒，才
喊出一声“哎呀”

多么无情啊，树还替他们拎着外衣
电锯有着肉食动物的利齿
它的吼叫让我的裤管微微颤抖

他们有足够的力气和耐心，刨根究底
日落之前，那棵树无声地熄灭了
一方风景和一树繁花

还乡

在这个山乡，我学会了喊娘，也学会了骂娘
像村妇那样，以各种恶毒的言语
咒骂穷窝子的丑陋
天不下雨，麦不拔节，猪不长膘
都是咒骂的理由
词汇像黄土坷垃一样，遍地都是
什么糜地湾的饿死鬼、玛瑙沟的私生子
什么天不收的、地不养的

家乡欠我一段快乐，欠我十七年的饱饭
还欠我父亲和哥哥
——他们被逼走他乡，一去无回

离开山乡几十年，岁月像浓烈的盐酸
消解着铁质的冰冷
深深浅浅的梦背叛了所有的咒语
千里万里的夜路像流放一样
牵着我，一遍遍地
还乡

一切的一切，这样就好

一切终将过去
一切皆成回忆
就这样吧，让我们在平行的道路上走下去
一条铁路的两股钢轨
寂寞时相互对望，欢快时同声呼喊
在坚实的大地伸向远方，却永远
无法走近对方

一切都已太晚
一切无法重来
在那群星闪耀的夜空，总有
一些行星在彼此靠近
总有一些流星在深空伴飞
你看那像水珠一样晶亮的金星，分明是
你的眼眸，我的泪光

一切为了所爱

一切都是表达
我曾经徘徊在曲折而幽静的山路，山风
送来你那特别的馨香
我曾经在春宵月光下垂泪，凋落的花瓣
是我一页一页写就，又一页一页撕去的信笺
每一枚花蕊都带着我的体温
每一片花瓣都写着一声轻叹

（此诗献给那些相爱而不能相聚的人们）

故乡的老墙

可以肯定，我与那道老墙有着前世的缘分
我们对视时，会有隐约的闪电
我们的站立，有隔世的摇晃与呼吸的节律

我们同时成长与衰老
同时见证山村的兴衰
它的斑驳是我容颜的镜像
它的墙头草死了一茬又一茬
青苔绿了又黄
流混浊的泪，顶撞人间的风
这些是我们共同的经历

它曾经开口说话，替时代代言
我沉默寡言，让时代为我定义
黑红翻覆，悲喜交替

老墙下，蹲过的爷爷、叔伯都已过世
空余夕阳，把金色的荣耀

涂抹在老墙的额头
而我只有几行诗句，扶住老墙
微微前倾的骨骼

挨饿

忘了喂鱼
夜间，缸中有哗啦哗啦的水声
巴掌大的鹦鹉鱼脾气很大

想起小时候，家中粮食断顿
我在家里闹腾
踢翻板凳和水桶
然后摔门而出，到杏树上觅食
那时候，我不哭
母亲替我哭

开灯观鱼，水似乎涨了一些
我不知道，溢出的部分
究竟有多少是鱼的眼泪
多少是水的无辜

至死不跪

突然想起，那只死去的刺猬
每当想起它，刺针便扎伤一次记忆

它没有享受人类文明，也没有
阻挡人类的享受
仅仅是躲在树丛，过自己的小日子

也许只想出个远门
也许路的另一侧有异性的呼唤
月夜之下卑微的愿望，竟被
人类的车轮钉在路中央

它基本上完全屈服于人类文明
唯有刺针，至死不跪

那些细小的幸福

你愿意陪我一起走进暮色吗
暮色吐纳，我们是其中可有可无的部分
黑夜将是我们共同的永恒
亲爱的，我们对这些都无能为力

到了暮年，我们也有幸福啊
我们互相提醒着，服下各自的药片
咱俩的药片是相克的，不可互相代替
我们真切地感到，服药是有效的
疼清晰了一些
头晕的毛病也减轻了一些

我们同时赞美了初升的太阳
甚至，我想起了很久以前的一件事、一句话
努力叙说着，却卡在了一道坎儿上
你明明可以帮我，可故作无视
你怕伤了我
我想，这时候，我们应是幸福的

我们还会有不少幸福，比如你跌了一跤
幸亏骨头没事
你我的骨头到了开花的季节，可以轻易打开
比如，我走时，没喊疼，没插管
只是睡了，你再骂
也不争辩

清明雨

学者统计，清明雨的概率
低至百分之十五
杜牧一生只遇到七次，最后一次
才找到杏花村

我比杜牧幸运呢，还是更为不幸
母亲离世的这十年，我的清明
年年都在雨中

那些雨啊，有时落在坟头
有时落在心头

我多像一位母亲

下班后不敢逛街，不敢应酬，抓紧回家
桌上的纸盒中有几十条蚕
它们又蜕了一层皮

我不回，它们会把上半身抬起来
试探天空的高度
我不回，它们会爬出盒子，走很远的夜路
我不回，它们会死

这段时间，我目光柔软、短浅
多像一位哺乳期的母亲

只有这对膝盖

族人发来扫墓照片，祖坟
是乡村最热闹的去处
坟院里有一些闪光的东西，看不清楚是什么
也许是酒瓶和皮鞋，也许是灵魂
漂浮的青烟中，有没有祖宗的脸庞
我不敢确定
从一堆人中，我认出了
当大官的远房叔叔、经商的堂哥，还有
仍在和土地分不开的哥嫂
官员和老板站着寒暄
双膝深埋土里的是爱惜土地的农民
他们身无长物，只有
这对膝盖

被深埋的年代

他们告诉我，这是几十名知青
当年住过的地窝子
一场大水过后，变成了青春的墓地

几十年了，那个年代已被深埋
苦难拱起的脊背像沙丘一样不平
呐喊、哀怨、无助和惶惑，只在地面
呈现一些裂口，陈年老伤
被岁月弥合

水肥充足，荒草萋萋
午夜的野风吹过杂草，似青涩的歌声
若断若续

音画山村

云彩把阳光撕碎，一些残片
搭在田埂上，这是山乡的高音部分

青苗撑破地皮，许多细小的裂口
为收成让出空间

留守老人握着深深的咳嗽和自语
脸上写着纵横交错的孤独

老墙枯死的苔藓收存着岁月的密码
标语早已不持态度

山村的高处聚集着更老的留守老人
坟堆勾勒出美丽的曲线

山雀的尖叫从云层射下来
为山村打上一束高光

壮心未泯

不再梦想奇迹
不再相信导航
不再储存未来
活着是唯一的愿望
肉体的保鲜期越来越短
有多少看不见的生命，在分食我的明天

又一季桃红李白
冬天咽下的种子已经在体内萌出新芽
任由季节做主，我只负责抽枝开花
任由道路牵引，所能到达的皆为此生归宿

从余下的日子赊一些新醅，在黄昏降临前
把今日的生命灌醉
从明日的天空摘取几朵白云，把今日的晚景
装饰成天高云淡的早晨

事实

我喜欢这缸火红的鹦鹉鱼
而孙女喜欢塑料盆里的小鱼苗
我喂我的，她喂她的
她的愿望很简单：把小鱼养大
也放进宽敞的鱼缸
当她发现，小鱼每天都会减少一些时
追问我是怎么回事
我不忍心告诉她，那些不起眼的小生命
生来就叫作鱼食

狱

门扇是铁的，电网是铁的，脚上的镣铐也是铁的
出操的号子飞过五米墙，像铁一样砸下去
路人警觉，晃动了一下

桃花在开，杏花在开，带毒的罂粟花也在开
覆盖天井的云彩像灰烬一般沉寂
有人揣着狼的梦想，瞪了天空一眼

镜头在看，探照灯在看，罪孽的影子也在看
只有无毒的眼睛，洞穿了
沦陷者的灵魂

每一粒都不多余

母亲在晴好的下午晒谷子
方方正正一大片，用锄把勾出垄沟
这些金色的谷粒，和长在地里的禾苗一样
排着整齐的队列
它们是一位旧式农妇精心写成的古体诗
现在，我写诗，七律或者五绝
虽然不长，可翻腾出不少温热的备选词
千挑万选。中意的，安放妥当
剩下的，暂时搁置
母亲从谷粒中簸出的秕子，有时
成了鸡、鸭和麻雀的小点心
禽鸟们点头称谢
语文老师说，古人造的字，每一个
都有用处，要惜墨如金
母亲说，土地供出来的籽实，每一粒
都不多余。吃馍如同拜佛

与一棵树站在一起

在长安街上，与一棵树站在一起
它正蓬勃，叶子嫩绿而繁茂
它的内心有水流动，枝叶间窃窃私语

我们都是外来者，它的家在南方，而我
来自于大西北
它学会了躲避北方的寒冷，学会了
呼吸干燥空气
可我怎么也学不会城市生活，常常
在人流中感到寂寞和空虚
在高大建筑群下想念一块菜园
一畦韭菜，一畦苜蓿，一畦芫荽
苜蓿开紫蓝色的花，养青花图案的蝴蝶
我的菜园像诗一样呈现，长行更短行

再过几个月，又是深秋。那时
树会把叶子交给风，把生命缩回根须
我也会傍着它，裹紧棉衣
抖动着，掉几片叶子

农历与乳名

我的长辈们生在农历，成婚在农历
最后都死在了农历
对他们来说，公元历法是不准确的
每一个大日子，都有准确的农历
帮他们记着

许多人没上过学，却都有一个学名
他们的学名，存放在公社民政的档案柜中
就像一件礼服
只有在大日子，才拿出来用用
比如填选票，比如分自留地，比如刻名章
还比如刻碑
平时，一个乳名就足以打发天黑

我的这些长辈啊，捧着乳名，走在农历
照样把曲曲弯弯的山路踩出了
深深的脚窝

锤

钢钎身不由己
喊破石板，在无缝的花岗岩中寻找缝隙
在无路的绝壁上寻找路

我的尖锐早已磨损
腰杆渐渐弯曲
身后，紧逼着的，是一把十八磅大锤

生活有着纯钢的硬度
和白蜡木锤把的韧性
木质曾经也是一条鲜嫩的生命

平行排列的事物

暖气片，栅栏，肋骨
这些都是平行排列的事物
距离修饰了美

有人拷问暖气，整幢楼都在尖叫
有人越过栅栏，从高桥跃下
在桥下开成一朵玫瑰

这些天，我无休止地咳嗽
肋骨之下，疼在加剧
我也试着拷问，也试着翻越平行的构件
却始终得不到铁的高亢
和一跃而下的决绝

秋声躁动而凛冽

玉渊潭的水道里有一窝小野鸭
每天散步时，我都要数一数

让我揪心的是，它们的数量越来越少
直到有一天，只剩下一只
它短暂浮出水面，很快又潜下去
水再也托不住小小的肉身
就像梧桐树上的最后一片叶子
风日夜拿捏着，只要高兴，随时可以取走

这时候，秋声像水一样躁动而凛冽
那只拳头大的孤儿，每一次沉浮
都在加重我对人世的怀疑

负重

三十里山路，半晌午的跋涉
云和他搭伴，缓缓而行
到了半山腰，人也很累，云也很累

云卸下一些水分
飘得更高，走得更轻快了一些

他却不舍得卸下半点分量
肩上的口袋里是城里读书的儿女
一个月的口粮

眼泪，忍在眼底

水龙头挡住了千万吨清水的去路
每分钟只为一滴水放行
水滴像吊在藤上的葫芦
拉长，再拉长，然后决绝跌落
水龙头下，是一小片沙土
有几株三叶草幸运地受到恩泽

我的一生能够记住的，只有几次流泪
更多的，则被忍在眼底
每一滴眼泪悄无声息地落入苍凉的人间
没有泽及任何生命，仅仅是
咸涩和混浊，一次次地加重了
夜的深沉和冬的寒冷

传染

他们大概是一对父子
相扶着在住院部长长的走廊挪动

不要试图分辨哪个是病人，哪个是护理者
他们迈着同样缓慢的步伐，挂着同样
阴郁而疲倦的表情

显然，父子之间，不论什么病
都是可以互相传染的

我认为

一直认为，鱼是水的结石
随便一汪水，久了，就生出小鱼

一直认为，水是人的结石
小时候的每一次腹痛都和饮水有关

我也一直认为，石头是有生命的
河里的大石头领着那么多小石头

可以肯定，压菜缸的那块石头也是活的
母亲去世后，它一直汪着水珠

遗失

夜莺从寂寥的长空飞过，遗失了
一根羽毛和几声鸣叫
花朵被阳光遗失，开在初冬的墙角
像病人一样虚弱
我的家乡，一个叫作吴家岔的山沟
人烟越来越稀
土狗和老汉是时代遗失在
旮旯里的几张活口
偶尔几声吠叫和咳嗽，村庄
有轻微的晃动
山坡上，老辈们遗失的肉身，雨后
有蓝色光焰闪烁不定
活像往昔的教诲，遗失在
祖先的嘴边

雪

点开了少年的花蕊
传递过情人的相思
丈夫瘫痪又失聪后，笔墨
勾画着生命的颤抖

“你就在床上拉吧，孩子们都不在。”
“我实在抱不动你，给你请个保姆行不行？”
“放心吧，不把你送走，我就不会倒下。”
八十岁的妻子写下一些句子
丈夫无力举起一张白纸
无力阻止一场雪

句子长行更短行，像诗一样排列
当妻子把头扬起时，夕光
在远处的博格达峰流连
一场新雪把雪线压低了一些
妻子眼里的雪簌簌落下，层层堆积
病床上的丈夫深陷其中

我所不能企及的

狗可以在汽车轮胎上撒尿，我不可以
允许狗嗅一嗅陌生女孩的花裙子，我不行

我坐在楼门口的旧椅子上发呆
阳光从身后照过来
影子投在地上，像一条蹲坐的狗

她说，她的儿子已经十一岁了，相当于
七十七岁的老人
她唤儿子回家，唤不回时，就过去抱起来

我好羡慕啊，七十七岁，还有妈妈疼爱
这又是我不能企及的

又是这样一个夜晚

风起时，月亮开始摇晃
风挥舞着鞭子，把云赶向东南方
月亮向西北游动
树木失去端庄
我迎风而坐，风从体内穿过
内心暗生敬畏

西北有我的来路，有我无尽的牵挂
也曾是这样一个夜晚
沐着上弦月的清辉，我在香案前独坐
眼前是连绵的山脉，脊线清晰
身后是沉默的母亲
她放下了所有心事，停止了回忆和叮嘱

那一夜，冰草和野蒿让出六尺地盘
母亲将在黎明时分入住

备好一颗随波逐流的心

偶尔会有挣脱的冲动
无论是过去、现在抑或未来
时间这些看不见的物质，把我捆在原地
活着的全部证据和意义都属于它

而它并不富有，也不自由，只是
在表盘内蓄积着张力
肉体的生长、欢愉和疼痛往往用时间命名
又用时间对冲和消解

我不分青红皂白，与时间为敌
也同流合污
迈出的脚步像蹚河一样
从流水中抽出，又沉溺于新的流水

行走于都市，徘徊于乡村
无论是铁与铁的撞击，还是鸟喙中的轻唱
都受困于时间的绳索

挣脱，何其徒劳
与其反抗，莫若备好一颗
随波逐流的心

等待

每天都在收拾
每天都在等待
就像等待一个婚期、一个归期
也像等待一个死期

进入这个季节，时间慢了下来
太阳迟迟不落
月亮迟迟不圆

慢下来的，还有我的脚步
有一些想法溶在莲花河的流水中
河水更加缓慢，每天都在等我
经过时，把一些想法捞起，一些想法浸入
一遍遍察看，一遍遍淘洗，一遍遍修改

退休是一个结束，也是一个开始
陪我等待的，除了缓慢的时间
还有满树的枫叶
时间不到，它们总也不红

宿命

树杈长到胳膊粗时，砍下
有的做了椽子，支撑一个家的烟火
有的镶上镢头，刨坑
有的做了斧头把儿，一个接一个地
砍树

这一天，吴大傻在柳树下喝酒
斧头在月光下磨刃
酒后，斧头暗生歹心，剁断了
吴小傻的大筋

石匠与磨盘

在山村，石匠只需一门技艺
——把岩石凿成石磨

磨盘，一扇是上颌骨，一扇是下颌骨
干脆利索地把麦粒咬成粉末

石匠左手持凿，右手持锤
牙关死死咬住，把岩石咬得火星四溅

生命的淡淡香气

养在缸中的龟对我有着绝对的依靠
而我对它只有相对的索取
我无法想象，囿于一庐一城的孤独
无法想象孤独开花的灰暗与静默

仲春，从冬眠中苏醒
它以轻轻的搅水证明自己的安好
还会伸头久久观察，对一切
老于世故却从不点破

下午，无事枯坐
孤独带着沥青般的黏稠和亚光
一点一点溢过来，耳鸣
成为孤独之外持续的扰动

这时候，龟在缸中的每一个响动
都有生命的香气，淡淡地
扩散开来

清明祭母

这个节日，是天上、人间掉下来的
颗颗水晶
像水一样柔软透明的节日
摸上去，却感觉很疼

没有人会向我祝贺节日
可我要祝您节日快乐
我带来的纸币、饮食和香火
足够您享用一年

我知道您性急，您会
抽出肋骨、胫骨、尺骨，敲打出
蓝色的火花
虽然您的世界一片黑暗，可是
我会看到，看到您
给我的闪烁音信

娘！我把思念化在火里

您收到，就请下一场大雨
让咱村的河湾替我
哭上一个整夜

外人

老黄狗冲我厉声呵斥
毛驴甩着耳朵，拒绝摸一摸它的长脸
杏花在我到的前一天落了
榆木门槛又长高了些
脏孩儿躲在门后偷看

这是怎么了
整个家乡，都把我
当成了外人

燕归来

今见燕子归来
呢喃轻语
旧巢犹在，我心释然

衔泥的精灵，可是
往日房客，还是子嗣认祖

脆脆的一声招呼
剪裁春风的娴熟
抛向人间的黑白
仍是故人气息

空宅子

乡村的空宅子越来越多
我走进一个个空宅子，察看
无中的有

你不能说，空宅子就是空的
你不能说，空等于零

不能保证，人走了，梁上燕子也走了
不能保证，人走了，父亲的哮喘也走了
不能保证，人走了，宅子里分娩、长大、老去的故事也走了

你更不能说，宅子空了，乡村之外的乡愁
也一起空了

耐心

坐在花岗岩石板，看女司机停车
侧方停车也是我的弱项
总也停不好，总也不甘心

美女司机耐心地倒车，耐心地回轮
总也不着急

坐得久了，我要起身动一动
血压太高，心率太低
有必要告诉心脏，人间有我不舍的牵挂

又一次倒车，又一次回轮，又一次失败
总也不气馁

石板坐出了人类的体温
耐心足够时，再冷漠的事物也会
显出肌肤一样的温润

友谊

作者 / 马乐萌（4 岁半） 记诗 / 马维驹

我和你走过一片片草地
绿和我们的身影有不一样的存在
它们不在我的生命
我们在玫瑰草地走过
一片片的绿地
在我们在一起的那个时候，你就会发现
好多蝴蝶在飞舞
我们在一起度过了好多时间
我们在一起玩耍
我们一起种下小麦
小麦越长越大
成熟时我就去收割
小草不知道我们的心思
过来吻我的伤悲
我的泪水像一只眼睛
我的朋友，你在吗

（题目系记诗者所加）

我和你

作者 / 马乐萌（4 岁半） 记诗 / 马维驹

我和你走过小桥
走过绿地
走过悬崖
走过玫瑰园
我们走到一片树林底下，然后
走到家门
我期待你生命的奇迹
我和你真快乐
我们会在一起活九十年

（题目系记诗者所加）

附　录
网络诗人评马维驹短诗

◎中诗网海之岸：

《蝉》给这个小精灵以传递光明的使者这样优雅美好的使命，角度新颖，别具一格。凝结了作者澄明高远的情怀，有很强的感染力。第二首让花花草草人格化，给办公室里的政务增添了色彩和形象的表达，表现手法让人耳目一新。锤子和钢钎把人生道路上的艰难探索刻画得惟妙惟肖，让人感同身受。《负重》的情感更进了一步，那个阶层的状态表现得淋漓尽致，直击心灵。《眼泪，忍在眼底》是情感的升华，也是作品的高潮，沉默中体味生命、生活，五味杂陈，感触良多。整组作品情感的浓度循序渐进，触摸心灵，散发时代感生活化，有很强的带入感。语言的弹性恰到好处，火候把控能力可圈可点。构思选材布局不温不火，张弛有度。从多角度彰显作者诗歌创作的深厚功底，可以借鉴之处比比皆是，值得推崇。

◎中诗网心老天山：

老马的诗无须多想，明明白白地站在那儿，打得很开，无须多想，只需跟着笔者的线进入，便会沉思。这样的作品很难进入年轻人的视线，但对于中年人是一份藏在心中的隐憾，也是一段人生的感悟。

◎中诗网海之岸：

作者的笔触从生老病死到亲情与友情，痛苦与欢乐，现实与回忆诸多方面，在各个层面都给予了细致入微的描摹。情感细腻，善于从人或事物的微末处展开像外科手术一样的剖解，抽丝剥茧的手段使得无论多么大的材料也有了妥帖的纹理，理所当然地没有了空泛的遗憾。“知道人生是一趟单程车 / 把自己的小命夹在食指与中指之间 / 欣赏它的挣扎，它的无处可逃 / 这是一种活法，或者也是一种死法”(《有一次剧烈的哆嗦》)。这是通过吸烟引发的思考，人生与死亡的挣扎，有几分黑色幽默的神韵，戏谑与自嘲拉近了与读者的距离。在《写信》里这样写道：“母亲，也许在天堂，也许在地狱 / 趁着天黑，把信烧给她 / 如果有哔啵声响，应该是 / 文字中的水分和血液遇火爆燃 / 如果火焰跳跃，那就是连接母子的筋骨 / 在寸寸成灰。”读这样深情、质朴、厚重的诗句，很难不被真挚的情感打湿心情。《大雪》里有这样深情的诗句：“我陪你最后一次回到家乡 / 苍天以一场大雨为你安魂 / 八月的泥土，在月光下泛着瓷光 / 有很多不平和不舍啊，二十方新土 / 压不住你弓起的脊背。”读老马的诗，平淡中见真情，细腻中有纵深，回旋中奔涌胸襟。不仅仅是于文字中的感动，也是与作者进行了一场生命的对话，传递一份舒阔与通达，是有价值的阅读体验。

◎中诗网陈敬良：

《平行排列的事物》：暖气片送来温暖，栅栏给人安全，肋骨保护内脏。这些平行排列的事物都与人的生活和生命息息相关，意象运用恰当、准确。“有人拷问暖气，整幢楼都在尖叫”，享用着温暖与舒适，成了一种习惯与理所当然，人们在埋怨时是否想到，那些默默付出的工作者，他们的艰辛与血汗？“有人越过栅栏，从高桥跃下 / 在桥下开成一朵玫瑰”，事不关己，悲哀与凄美的故事，更多的是人们茶前饭后的谈资。——“距离修饰了美”，意味深长。繁华与美好的背后，往往隐藏着许多不为人知的故事与血泪，没有亲身经历与体验是无法感知、理解和懂得的。或许，你也能做到，或许你根本做不到——“我也试着拷问，也试着翻越平行的构件 / 却始终得不到铁的高亢 / 和一跃而下的决绝”。《木质的本性》：第一节和第二节采用对比的形式突出了深入骨髓的乡土情结（乡音不改），第三节运用木质的本性进行衬托和加强。人非草木，焉能无情，木尚如此，人不亦然？在时代的洪流中，在浮躁的现实里，我们戴上了面具，学会了适应，却不知不觉地渐渐迷失和忘本。在阻力中顺从的前行（丛林法则），在反抗中本质的回归（活出自己），在矛与盾的对决中——“终究 / 藏不住生命的躁动”。《秋声躁动而凛冽》：不能掌握和控制自己命运的弱者任人宰割，在惊恐之余更多的是无助。“秋声像水一样躁动而凛冽”——夜里磨刀的惊心，身体被抽空的窒息。作品透露出对弱肉强食的抗议，对随意践踏生命的悲愤，对人性丑恶的拷问，富有正义之心和悲悯之情。《把手伸过边界》：边界——隔着理解和真诚。边界——隔不开善良与恻隐之心。边界——大爱无疆，爱，无处不在。如果边界是黑夜，那么，一根瘦小的火柴也能将它瞬间点亮。无数根火柴呢？弱小群体，需要全社会、全人类的共同关注和参与。把手伸过边界——对爱的呼唤，对人世间真善美的歌唱！《传染》：作品呈现的画面令人同情，却也欣慰。父母对儿女的关爱，儿女对父母的孝敬，血脉相连，人之常情，理所当然。然而，"显然，父子之间，不论什么病 / 都是可以互相传染的"的结尾，"不论"两字揪出了更多的诗意，除了正面的，那反面呢？让人思考！言尽意未尽。